DE LA MÊME AUTRICE

Aux Éditions Phébus

QUAND L'EMPEREUR ÉTAIT UN DIEU

CERTAINES N'AVAIENT JAMAIS VU LA MER

Du monde entier

JULIE OTSUKA

LA LIGNE DE NAGE

roman

Traduit de l'anglais (États-Unis)
par Carine Chichereau

nrf

GALLIMARD

Cet ouvrage a été publié
avec le concours de Marie-Caroline Aubert.

Titre original :

THE SWIMMERS

Pour Andy

LA PISCINE EN SOUS-SOL

La piscine est profondément enfoncée sous terre, dans un vaste espace caverneux à plusieurs mètres sous les rues de notre ville. Certains d'entre nous viennent ici parce qu'ils sont blessés et cherchent à guérir. Nous avons des problèmes de dos, d'affaissement du pied, d'anxiété, de rêves brisés, d'anhédonie, de mélancolie, bref, les maux habituels qu'on rencontre là-haut. D'autres travaillent pour l'université toute proche et préfèrent prendre leur pause déjeuner là en bas, dans l'eau, loin du rude regard de nos pairs et de nos écrans. Certains encore se réfugient ici pour fuir, ne serait-ce qu'une heure, un mariage décevant. Beaucoup d'entre nous vivent dans le quartier, et aiment simplement nager. Une en particulier – Alice, ancienne technicienne de laboratoire à la retraite qui en est aux premiers stades de la démence – vient ici parce qu'elle y vient depuis toujours. Et même si elle ne se rappelle plus le code de son casier, ni où elle a mis sa serviette, dès l'instant où elle se glisse dans l'eau, elle sait ce qu'il faut faire. Les mouvements de ses bras sont longs et fluides, son battement de pieds puissant, son esprit clair. « Là-haut, dit-elle, je ne suis qu'une vieille dame parmi d'autres. Mais ici, à la piscine, je suis moi-même. »

En allant à la piscine, la plupart du temps, nous laissons nos problèmes là-haut, sur terre. Les peintres ratés brassent avec élégance. Les professeurs remplaçants fendent l'eau, tels des requins, à une vitesse vertigineuse. Le directeur des ressources humaines récemment divorcé attrape une planche en polystyrène d'un rouge passé et se met à fouetter des pieds en toute impunité. L'homme-sandwich, réduit à sa plus simple expression, flotte sur le dos, telle une otarie, en contemplant les nuages sur le ciel bleu pâle peint au plafond, et pour la première fois de la journée il ne pense absolument à rien. *Lâche-toi.* Les anxieux cessent de se ronger les sangs. Les veuves éplorées en oublient leur deuil. Les comédiens au chômage, incapables de s'en sortir là-haut, glissent sans effort dans le couloir rapide, dans leur élément, enfin. *J'y suis !* Et pendant un bref intermède, nous sommes à l'aise en ce monde. La mauvaise humeur s'évapore, les tics disparaissent, les souvenirs reviennent, les migraines se dissolvent, et lentement, lentement, le fracas dans nos esprits commence à se dissiper tandis que, battement après battement, longueur après longueur, nous nageons. Et lorsque nous en avons fini de nos allers-retours, nous nous hissons hors de l'eau, dégoulinants et rafraîchis, notre équilibre retrouvé, prêts à affronter un nouveau jour sur terre.

Là-haut, il y a des incendies, des alertes à la pollution, des sécheresses bibliques, des bourrages papier, des grèves des profs, des insurrections, des révolutions, des journées caniculaires qui semblent ne pas avoir de fin (*Un « dôme de chaleur » s'installe de manière permanente sur toute la côte Ouest*), mais là en bas, à la piscine, règne toujours la température confortable de vingt-sept degrés. Le taux d'humidité est de soixante-cinq pour cent. La visibilité est bonne. Les couloirs de nage, calmes et en ordre. Les horaires, bien que limités, sont adaptés à nos besoins. Certains d'entre nous arrivent peu après s'être réveillés, une serviette propre sur l'épaule, leurs lunettes à la main, prêts pour leur séance de huit heures. D'autres viennent en fin d'après-midi, après le travail, quand dehors il y a encore de la lumière, du soleil et, lorsqu'ils ressortent, il fait nuit. La circulation est moins dense. Les pelleteuses se sont tues. Tous les oiseaux ont fui. Et nous sommes contents d'avoir évité encore une fois la tombée du jour. *C'est le moment de la journée où je ne supporte pas d'être seule.* Parmi nous, certains se rendent religieusement à la piscine cinq fois par semaine et se sentent coupables s'ils manquent ne serait-ce qu'une séance. D'autres viennent tous les lundis, mercredis et vendredis à midi. L'une des nôtres arrive une demi-heure avant la fermeture et, le temps d'enfiler son maillot pour aller dans l'eau, il est temps de sortir. Un autre se meurt, atteint de Parkinson, et vient seulement lorsqu'il peut. *Si je suis là, ça signifie que c'est un bon jour pour moi.*

À la piscine, tout le monde respecte des règles, bien qu'elles ne soient jamais formulées (nous sommes notre meilleure police) : il est interdit de courir, de crier, d'amener des enfants. Seuls sont autorisés les allers-retours en tenant sa droite (dans le sens contraire des aiguilles d'une montre). Les pansements doivent être retirés. Nul ne peut entrer dans le bassin sans avoir au préalable pris une douche de deux minutes (eau chaude et savon). Nul ne peut entrer dans le bassin s'il souffre d'une éruption cutanée non identifiée, ou d'une plaie ouverte (à l'exception de celles d'entre nous qui ont leurs règles). Nul ne peut entrer dans le bassin s'il n'est pas inscrit parmi les adhérents de la piscine. Il est permis d'avoir un invité (pas plus d'un à la fois par adhérent), mais en s'acquittant d'une cotisation nominale à la journée. Les bikinis sont autorisés mais pas encouragés. Les bonnets de bain sont obligatoires. Les téléphones portables sont interdits. Les règles de la piscine doivent être observées en toutes circonstances. Si vous ne parvenez pas à tenir le rythme, vous devez vous arrêter au bout du bassin, ou laisser la personne qui est derrière vous doubler. Si vous voulez doubler quelqu'un, vous devez lui tapoter le pied pour le prévenir. Si vous percutez un autre nageur par accident, vous devez vous arrêter pour vous assurer qu'il va bien. Soyez gentil avec Alice. Obéissez toujours au maître-nageur. Retournez-vous à intervalles réguliers, et naturellement, n'oubliez pas de reprendre votre respiration.

Dans la « vraie vie », là-haut, nous sommes petits joueurs, gros mangeurs, promeneurs de chiens, époux suiveurs, poètes mineurs, jumelles, véganes, travestis, tricoteuses compulsives (*Allez, encore un rang*), syllogomanes clandestins, « Maman », nous sommes un créateur de mode de second ordre, une bonne sœur, un sans-papiers, une Danoise, un flic, un comédien qui vient de jouer un flic à la télé (« agent Mahoney »), un gagnant à la loterie de la carte verte, une double nominée pour le titre de Prof de l'Année, un joueur de go de niveau national, trois types prénommés George (George le médecin spécialiste du pied, George le neveu du financier disgracié, George le boxeur amateur des Golden Gloves, catégorie welter), deux Rose (Rose, et l'Autre Rose), une Ida, une Alice, un dénommé personne (*Ne faites pas attention à moi*), un ancien du SDS, deux repris de justice, des valides, des drogués, des amers, des périmés, des batailleurs, des malchanceux (*Je crois que je viens de me séroconvertir*), nous sommes au crépuscule d'une terne carrière dans l'immobilier, au beau milieu d'une procédure de divorce qui n'en finit pas (*Ça fait sept ans*), à la fleur de l'âge, stérile, dans l'ornière, en mission, en rémission, à notre troisième semaine de chimio, dans un profond et incessant désespoir émotionnel (*On ne s'y habitue jamais*), pourtant là en bas, à la piscine, nous n'appartenons plus qu'à l'une de ces trois catégories : les rapides, les moyens et les lents.

Les nageurs rapides sont la classe alpha de la piscine. Agressifs, remontés, dotés d'une absolue confiance en leur puissance. En maillot, ils sont parfaits. D'un point de vue anatomique, ils ont tendance à appartenir au groupe des mésomorphes, avec une ou deux livres de graisse supplémentaire pour une meilleure flottaison. Ils ont les épaules larges, le torse long, et on trouve parmi eux autant d'hommes que de femmes. Quand ils battent des pieds, l'eau bouillonne, écume. Mieux vaut se tenir hors de leur passage. Ce sont des athlètes nés, dotés à la fois du rythme et de la vitesse, d'une aisance troublante dans l'eau que nous, les autres, ne possédons pas.

Les nageurs moyens sont clairement plus détendus que leurs camarades des lignes rapides. Ils sont de toutes tailles et de toutes corpulences et ont depuis longtemps renoncé au rêve peut-être nourri naguère de nager dans les couloirs rapides. Ils ont beau essayer, ça n'arrivera jamais, et ils le savent bien. De temps à autre, pourtant, l'un d'entre nous succombe à la tentation de se lancer dans une furieuse démonstration de battements, un tourbillon soudain et involontaire de moulinets des bras, à croire qu'il puisse, l'espace d'un instant, défier le destin. Mais la parenthèse n'est jamais très longue. Bientôt, les jambes se fatiguent, les brasses raccourcissent, les coudes ploient, les poumons commencent à souffrir et, au bout d'une longueur ou deux, ils reviennent à leur rythme normal. *C'est comme ça, c'est tout*, se disent-ils à eux-mêmes. Et puis avec amabilité et gentillesse – *C'était juste pour vous faire marcher, les gars !* –, ils continuent leur chemin.

Les nageurs lents sont en général des hommes d'un certain âge, qui viennent de prendre leur retraite, des femmes de plus de quarante-neuf ans, des marcheurs aquatiques, des aquajoggers, des économistes détachés venant de pays du tiers-monde, enclavés, encore émergents, et qui, dit-on, commencent seulement à apprendre à nager (*Et aussi à conduire !*), ainsi que, de temps en temps, un patient en cure de désintoxication. Soyez gentils avec eux. Ne présumez de rien. Il existe de nombreuses raisons pour se retrouver là : arthrite, sciatique, insomnie, une prothèse de hanche toute neuve en titane, des pieds douloureux à force d'avoir arpenté la terre sèche pendant toute une vie. « Ma mère m'avait pourtant dit de ne pas porter de talons ! » La piscine est leur refuge, leur sanctuaire, le seul endroit sur terre où ils échappent au mal, car c'est seulement là en bas, dans l'eau, que leurs symptômes commencent à diminuer. *Dès l'instant où je vois la ligne noire peinte au fond du bassin, je me sens bien.*

Là-haut, beaucoup d'entre nous sont maladroits, disgracieux, de plus en plus lents au fil des ans. Les kilos superflus sont arrivés, le lâcher-prise s'est amorcé, à la commissure des paupières les pattes-d'oie se déploient en silence tels des éventails inexorables, des craquelures sur un pare-brise. Mais là en bas, à la piscine, c'est comme si nous rajeunissions. Les cheveux gris disparaissent sous les bonnets de bain bleu foncé. Les rides s'effacent des fronts. Les boitements n'ont plus cours. Les messieurs bedonnants aux genoux douloureux là-haut chevauchent gracieusement les flots en faisant leur aquajogging avec leurs ceintures de flotteurs orange. Les dames au physique généreux qui ont depuis longtemps dépassé l'âge tendre se révèlent souples et agiles dans l'eau, aussi lisses que des dauphins dans leurs maillots amincissants en élasthanne. Les ventres s'aplatissent. Les poitrines remontent. Les tailles depuis longtemps perdues émergent à nouveau. *La voilà!* Même la plus plantureuse d'entre nous fait glisser sa stature majestueuse dans son couloir avec aisance et aplomb, tel l'imposant *Queen-Mary*. *Ce corps qui est le mien a été conçu pour flotter!* Et celles d'entre nous qui en temps normal se lamentent sur leurs traits tombants, là-haut – *D'année en année, il est de plus en plus difficile de faire face* –, voguent sur l'eau, sereines, car nous savons que nous sommes juste des formes vagues et périphériques, entraperçues en passant par les nageurs de la ligne voisine à travers le brouillard de leurs lunettes teintées.

Les personnes à surveiller : les brasseurs agressifs, les crawleurs déterminés, les sous-marins furtifs, ceux qui nagent sur le dos sans prendre garde, les hommes d'âge mûr qui accélèrent dès qu'ils sentent qu'une femme risque de les doubler, ceux qui vous collent au train, ceux qui font des mouvements trop amples, les nazis de la nage, ceux qui vous attrapent la cheville, l'artiste du crochetage de casier (nous ne sommes pas ce genre de piscine), le voyeur (un présentateur très respecté de programmes pour enfants à la télévision dans la vie là-haut, mais surtout connu là en bas pour ses prompts changements de couloir – *Nouvelle nageuse nubile en vue ligne quatre !* – et ses collisions « accidentelles » sous l'eau : *Vraiment désolé !*), la femme dans la ligne quatre qui ouvre largement les bras (trop de yoga), l'ex-triple championne olympique (deux médailles d'argent au relais quatre fois cent mètres nage libre, une médaille de bronze au cent mètres dos) qui est à présent en deuxième année de médecine et paraît tellement différente dans la vraie vie après qu'on l'a vue à la télévision. « Je pensais qu'elle était plus grande », voilà le refrain empreint de déception qu'on entend souvent après ses visites jamais annoncées. Il est rare d'apercevoir la championne. Elle descend, plonge, nage – à un rythme tranquille, de loisir, sans effort apparent, même si chacun de ses mouvements la propulse trois fois plus loin que nous – puis elle retourne à sa vie, là-haut. Ne pas la déranger. Ne pas solliciter d'autographe. C'est notre Garbo, elle veut qu'on la laisse tranquille.

Certains membres de notre communauté ne se rencontrent que dans les vestiaires, jamais dans le bassin : celle qui ne cesse de se passer du fil dentaire (vestiaire des femmes, lavabo du milieu, apparaît trois fois par jour, aussi ponctuelle qu'un coucou suisse), le voleur de papier toilette (vestiaire des hommes, une fois par semaine, il ne prend jamais plus qu'il n'en a besoin), l'accro au miroir (« Je suis bien ? », vous demande-t-elle, question à laquelle vous devez répondre avec enthousiasme : « Mais oui, vous êtes très bien ! »), l'artiste du rasoir (il lui faut parfois toute une matinée pour ôter jusqu'au dernier poil de son visage), la costaude aux tongs dépareillées qui reste pendant des heures sous la douche, yeux clos, tête en arrière, jambes écartées, qui se savonne avec frénésie, avec fureur, comme si c'était sa seule et unique chance de se laver. Ces gens-là sont inoffensifs. Ils ont leur raison d'être là de même que nous avons les nôtres. Ne vous inquiétez pas de leur présence. Ne vous moquez pas d'eux. Passez outre, si vous le pouvez. Car ils viennent ici depuis des années sans causer le moindre ennui, et s'en prendre à eux nous porterait sûrement la guigne dans les lignes.

Le surveillant de baignade entre sur le bassin par une porte distincte où il est inscrit RÉSERVÉ AU PERSONNEL, puis il s'assied sur un tabouret métallique surélevé devant les gradins en bois, d'où il contemple l'eau pendant des heures. Le surveillant porte un short blanc et un tee-shirt bleu clair, il est placé sous l'autorité directe du directeur de la piscine, un petit homme à lunettes et à la parka usée, dont le bureau sans fenêtre est situé en face des distributeurs automatiques sur le palier intermédiaire inférieur. Le surveillant est parfois un adolescent maigrichon, parfois un homme adulte. De temps à autre, c'est une jeune femme. Souvent, le surveillant de baignade est en retard. Ponctuel ou retardataire, jeune ou vieux, homme ou femme, le surveillant ne reste jamais bien longtemps. Le mois dernier, c'était un informaticien au chômage de la ville voisine. Le mois précédent, le fils de l'entraîneur de foot local. *Bande de terriens,* disons-nous. Ce mois-ci, c'est un brun d'âge indéterminé qui a toujours une radio collée à l'oreille. Il est impossible de savoir à quoi il pense – s'il pense. Il répond à nos bonjours amicaux par un hochement de tête à peine perceptible. Les rumeurs le concernant sont légion. Il a vingt-sept ans. Il a cinquante-huit ans. Il pleure. Il dort. Il ne se soucie pas *vraiment* de nous. Il préférerait être ailleurs, devinons-nous. Car c'est avec un soulagement visible – d'aucuns diraient une joie à peine masquée – qu'il siffle la fin de chaque session et crie ses mots préférés avec un accent, léger quoique perceptible, qui sonne vaguement d'Europe de l'Est : « Tout le monde sort ! »

Les premiers instants du retour à la surface sont toujours les plus durs. Le soleil trop fort qui tape à travers la canopée déchirée des arbres. L'insupportable ciel bleu. Ces hommes inquiets en costumes sombres qui montent et descendent de voiture. Les mères maigres et épuisées. Ces petits chiens blancs qui tirent vicieusement au bout de leurs longues laisses rétractables. *Freddie, non !* Les sirènes. Les marteaux piqueurs. Les pelouses d'un vert artificiel. Nous reprenons une inspiration profonde en balançant d'un geste cavalier notre serviette humide sur l'épaule et posons lourdement un pied devant l'autre pour avancer du point A au point B, cheveux mouillés, genoux tressaillant, de profondes rainures cernant encore nos yeux, empreintes de nos lunettes. *Je suis rentrée !* Et même si nous retournons avec réticence à nos vies, là-haut, nous encaissons tout cela, car nous sommes simplement en visite au royaume des terriens.

Tard le soir au moment de s'endormir, nous commençons à nous repasser mentalement notre posture. Nos coudes devraient être plus hauts, nos jambes plus tendues (*Le mouvement vient des hanches, pas des genoux!*), nos épaules plus détendues. Nous nous voyons pousser de toutes nos forces contre le mur, les orteils en pointe, le corps en pleine extension, puis rouler légèrement de côté pour amorcer le premier mouvement. *Imagine que tu passes par-dessus un tonneau.* Nos torses sont alignés. Nos chevilles souples. Notre mental gagnant mais serein. *Ce n'est que de l'eau.* Nous nous entraînons à respirer, inhalant l'air à pleins poumons par le nez et la bouche pour l'exhaler lentement en soufflant à fond. Nous remontons la couverture par-dessus nos têtes et murmurons en silence dans nos oreillers: *Tête et colonne alignées, tête et colonne alignées.* Nous repassons dûment dans nos esprits nos erreurs, malgré nos réticences. *J'ai retenu ma respiration pendant des années.* Quand nos conjoints – pour celles et ceux qui en ont – à moitié endormis nous demandent à quoi nous pensons, nous répondons: « À rien », ou « C'est demain qu'ils passent pour les recyclables? », ou « À ton avis, pourquoi les dinosaures ont-ils *vraiment* disparu? ». En revanche nous ne répondons jamais « À la piscine ». Parce que la piscine, c'est notre espace à nous et à nous seuls. *Mon Walhalla secret à moi.*

Si nous restons trop longtemps là-haut sans descendre, nous devenons étonnamment abrupts avec nos collègues, nous expédions nos tâches, nous nous montrons désobligeants avec les serveurs même si l'un d'entre nous – ligne sept, petit maillot noir Speedo, d'énormes pieds semblables à des palmes – exerce cette profession, nous ne faisons plus le bonheur de nos amoureux. *Pas maintenant.* Et nous avons beau faire de notre mieux pour résister au désir de descendre là en bas – *Ça va passer*, nous disons-nous – nous sentons la panique nous gagner, comme si nous passions à côté de notre propre vie. *Juste quelques longueurs et tout ira bien.* Et quand nous n'y tenons plus, nous prenons poliment congé pour tout plaquer – la discussion sur le livre du mois à notre club de lecture, une fête d'anniversaire au bureau, une rupture en cours, les allées du supermarché que nous arpentons dans tous les sens en essayant de nous rappeler ce que nous y étions venus chercher (*des biscuits Lorna Doone ? des mallomars ?*) – et nous allons nager. Parce qu'il n'est pas un endroit au monde où nous aimerions mieux être qu'à la piscine : avec ses larges couloirs de nage séparés par des cordes, clairement numérotés de un à huit, les gouttières adaptées, les pimpantes bouées jaunes espacées par des intervalles confortablement prévisibles, les entrées séparées pour les hommes et les femmes, la tiède lumière ambiante de l'éclairage incrusté dans le plafond, tout cela nous apporte un semblant d'ordre et de réconfort qui manque à nos vies, là-haut.

Le choc de l'eau – il n'y a rien de comparable à cela sur terre. Le frais liquide clair qui glisse sur chaque centimètre de notre peau. Échapper temporairement à la gravité terrestre. Ce miracle qui fait que nous flottons lorsque nous filons à la surface bleue et miroitante de la piscine, sans que rien nous ralentisse. *C'est comme si on volait.* Le plaisir pur d'être en mouvement. La disparition de tout besoin. *Je suis libre.* Soudain vous planez. À la dérive. Plongée dans l'extase. L'euphorie. Dans un bonheur qui vous ravit, telle une transe. Et si vous nagez assez longtemps, vous ne savez plus où finit votre corps et où commence l'eau, la frontière s'estompe entre vous et le monde. *C'est le nirvana.*

Certains d'entre nous doivent nager leurs cent longueurs chaque jour (deux kilomètres et demi), d'autres, soixante-huit (un mile), ou encore quarante-cinq minutes (Eduardo, ligne six), ou bien jusqu'à ce que leurs mauvaises pensées s'évanouissent (sœur Catherine, ligne deux). L'un d'entre nous a peur de se tromper dans ses comptes, aussi nage-t-il toujours une ou deux longueurs de plus « pour être sûr ». Une autre perd systématiquement le compte après cinq. Un autre (le professeur Weng Wei Li, auteur du *Réconfort des nombres premiers*) préfère nager précisément quatre-vingt-neuf longueurs. L'une des nôtres jure qu'elle atteint l'extase à la cinquante-troisième. « Ça m'arrive à chaque fois. » Nous avons tous nos rituels. Une autre jette un petit coup d'œil à la main rouge sur l'affiche plastifiée PRENEZ GARDE AUX VOLS qui se trouve dans l'escalier, juste avant de plonger. L'un d'entre nous boit trois gorgées à la fontaine rouillée avant de sauter dans l'eau malgré – ou d'aucuns diraient à cause de («J'aime vivre dangereusement!») – sa crainte de la présence de plomb dans les tuyaux. Une des nôtres refuse de nager dans sa ligne habituelle (la sept) quand son ex-mari nage dans la huit. Son «nouveau» mari depuis cinq ans et demi est aussi des nôtres, et depuis cinq ans et demi nous nageons tranquillement dans la ligne six («Je sais où est ma place») en faisant semblant de ne rien voir. «Laissez-les se débrouiller.» Il y a des partisans farouches des étirements avant la nage, et d'autres – tout aussi farouches – qui insistent pour faire leurs étirements *après*. Un adepte du dos, ligne quatre, ne peut sortir de la piscine s'il n'a pas touché par deux fois son bonnet puis compté jusqu'à cinq. «Je ne sais pas pourquoi.» Et puis il y a Alice, qui n'est plus en état de compter et qui nage jusqu'à ce qu'elle soit épuisée.

Si vous avez à vous plaindre de quelque chose – quelqu'un parle d'un ton animé et bien trop fort, la pendule s'est arrêtée, il y a un nageur lent dans le couloir rapide, un nageur rapide dans le couloir lent, votre serviette préférée qui imite un plateau de Monopoly a disparu du vestiaire, vous avez mal à l'épaule, vos lunettes fuient, votre coiffeur est devenu fou –, inutile d'aller voir le surveillant de baignade. Neuf fois sur dix, celui-ci ne fait rien. En revanche, n'hésitez pas à régler vous-même le problème. Faites quelques étirements de l'épaule. Changez de coiffeur. Au risque de paraître mesquine, affichez un écriteau : QUI A VOLÉ MA SERVIETTE ? Demandez poliment mais fermement à la personne qui parle trop fort de baisser d'un ton. Ou, si vraiment vous y tenez, écrivez un rapport à la direction en désignant nommément la personne qui a transgressé les règles, puis glissez votre courrier dans la boîte à suggestions en métal (c'est-à-dire la « boîte à dénonciations ») devant la porte du directeur. Soyez prévenue, toutefois, qu'à partir de ce moment vous risquez d'être considérée comme une balance et de faire l'objet de notre mépris silencieux. Les conversations cesseront en votre présence. « C'est elle ! » Les camarades de vestiaire ne vous diront plus bonjour. Des fesses nues et loin d'être jolies, voilà tout ce que vous verrez. Et un jour, en sortant de la douche, vous vous apercevrez que votre maillot a lui aussi mystérieusement disparu. Par conséquent réfléchissez-y à deux fois avant de pointer le doigt sur une camarade nageuse et de déchaîner sur elle le pire qui puisse lui arriver : l'expulsion irrévocable et définitive de la piscine en sous-sol.

Le virage culbute. Certains d'entre nous savent le faire, mais la plupart n'y arrivent pas. « Ça me fait trop peur », dit l'un. Un autre affirme que ça aggrave son mal de dos. Une autre aimerait y parvenir – « C'est sur ma liste » – tandis que beaucoup reculent devant cette simple idée. « J'ai essayé une fois, j'ai cru que j'allais me noyer. » L'une des nôtres a peur d'entamer son virage culbute trop tôt et de se cogner la tête contre le mur.

« Pourtant ça ne m'est jamais arrivé. » Un autre encore, ancien de la ligue de football All-America, effectue des virages sauvages et stylés qui font l'envie de tous. *Il fait juste ce qu'il faut d'éclaboussures.* L'un d'entre nous a récemment acquis la technique à l'âge de soixante-trois ans. « Il n'est jamais trop tard ! » Une autre a appris à le faire il y a plusieurs décennies et même si elle a beaucoup ralenti à l'approche du mur, sa mémoire musculaire est toujours profondément ancrée dans les synapses de son cerveau. « C'est juste un twist suivi d'une vrille. » L'un est terriblement fier de son virage « de la mort » – « C'est ce que je préfère chez moi » –, quand d'autres feignent la nonchalance. « Pourquoi en faire tout un plat ? » disons-nous, et puis « Franchement, qu'est-ce que ça peut fiche ? », car après tout, nous venons à la piscine pour nager, pas pour faire des virages.

Nous sommes les premiers à admettre que la vie, là en bas, a ses revers. Ainsi par exemple, l'intimité n'existe pas. Et il y a très peu de variété. *Je nage le dos dans la ligne trois tous les jours depuis des années.* Et à l'exception du manuel des adhérents, cahier à spirale rangé derrière deux barres énergétiques à moitié mangées, au fond d'un tiroir du bureau de l'administrateur de la piscine, pas assez de livres. On n'y trouve ni esplanade, ni horizon, ni sieste, ni ciel – c'est cela le plus triste. Mais nous nous hâtons de souligner qu'on n'y trouve pas non plus de méduses, de courants, de coups de soleil, d'éclairs, d'Internet, d'insanités, de voyous, et surtout, c'est le mieux, pas de chaussures. Ce que nous perdons en ciel et en horizon, nous le gagnons en tranquillité, car l'une des meilleures choses que nous procure la piscine, c'est le bref répit loin du fracas du monde de là-haut : taille-haies, coupe-bordures, klaxons, nez mouchés, gorges raclées, pages tournées, cette incessante musique qu'on entend partout, où qu'on aille – chez la dentiste, à la pharmacie, dans l'ascenseur qui vous emmène consulter cet audiologiste à propos de ce sifflement étrange dans vos oreilles. *Je vous en prie, docteur, débarrassez-moi de ce truc !* À l'instant où vous mettez la tête dans l'eau, tous ces bruits disparaissent. Vous n'entendez plus que celui, rassurant, de votre respiration, le battement rythmé de vos pieds, les éclaboussures assourdies de votre voisin qui s'éloigne dans la ligne d'à côté, et de temps à autre, les mesures éthérées d'un refrain qui flotte, tel un rêve brumeux, dans l'air épais aux senteurs de chlore : eh bien, c'est Alice qui fredonne *Dancing on the Ceiling* en enfilant son bonnet blanc à fleurs. *The world is lyrical because a miracle…* Mais la plupart du temps, il n'y a que vous et vos pensées, tandis que vous glissez à travers l'eau claire et fraîche.

L'une d'entre nous, chroniqueuse santé au *Daily Tribune* et joyeusement enceinte de son cinquième enfant à l'âge de quarante-six ans, a compris en nageant ses longueurs que son père souffrait d'une maladie de Huntington, non diagnostiquée. *Et pendant tout ce temps j'ai cru qu'il était fou.* Un autre prépare ses conférences en astronomie, et quand il a fini de nager, il sort de l'eau, s'installe sur les gradins et rédige tout sur son bloc-notes jaune bien au sec. *Salut les Terriens,* commence-t-il toujours. L'un des nôtres possède une mémoire photographique et résout les mots croisés du jour chaque matin en faisant ses longueurs. « Si ça me prend dix minutes, je nage dix minutes. S'il me faut une heure, je nage une heure. » Une autre passe en revue ses objectifs du mois : *diversifier mon portefeuille, arrêter de grignoter, faire des vagues, quitter Doug.* Alice contemple la ligne noire peinte au fond de la piscine tout en nageant et des scènes de son enfance lui reviennent en mémoire l'une après l'autre. *Je sautais à la corde dans le désert. Je cherchais des coquillages dans le sable. Je regardais sous les framboisiers pour voir si les poules avaient pondu d'autres œufs.* Et même si elle ne se souvient plus de rien une fois remontée là-haut, pendant le reste de la journée, elle se sent revivifiée, alerte, à croire qu'elle revient d'un long voyage.

Si jamais vous croisez par hasard un autre nageur là-haut sur terre, il est possible que vous vous mettiez à rougir involontairement, comme si vous vous rencontriez pour la première fois alors que vous voyez peut-être cette personne tous les jours depuis dix ans, dégoulinante, presque nue. *Je ne l'ai pas reconnu, avec ses vêtements,* penserez-vous sans doute. Ou : *Sa chemise est trop serrée.* Ou : *Il est trop âgé pour porter ce genre de jean.* Après, vous ne pourrez plus jamais regarder la personne en question comme avant. Ou encore vous surprendrez-vous à dévisager un inconnu à la pharmacie sans savoir pourquoi, quand tout à coup vous aurez une illumination : *C'est le type au tuba qui nage toujours dans la ligne trois.* « Il prend du Tahor, lui aussi ! » Ou en allant au centre commercial vous ferez l'expérience intense d'un moment de *déjà-vu* lorsqu'une femme vous doublera en jurant, secouant la tête et appuyant sur son klaxon. Eh bien, c'est Suzette, votre camarade de ligne, dans sa magnifique BMW noire, qui vous double sur terre avec la même courtoisie qu'elle le fait dans l'eau. « *Sue !* » hurlez-vous en appuyant sur l'accélérateur avec un bon coup de klaxon. Ou vous apercevrez Alice sortant de la pharmacie Longs Drugs – *Elle était toute décoiffée et elle avait mis son pantalon à l'envers* – et vous vous arrêterez un moment pour lui demander si tout va bien. « Tout va très bien ! répondra-t-elle. À bientôt à la piscine ! » Et lorsque vous la voyez la fois suivante, elle est en pleine forme, magnifique dans son maillot à smocks vert et blanc, étirant l'un après l'autre ses bras gracieux dans l'eau, nageant ses longueurs liquides et tranquilles.

Après les fêtes de fin d'année et autres événements du même genre au cours desquels d'alarmantes quantités de nourriture ont dûment été ingurgitées, on note parfois un afflux soudain de nouveaux venus qui veulent à tout prix maigrir. On appelle ça les *nageurs express.* Ils plongent sans s'être douchés. Oublient leurs bonnets. Passent sous les cordes et sautent de ligne en ligne, comme des sauterelles. Ils ne sont pas gentils avec Alice. « Poussez-vous de mon chemin. » Ils ne tiennent aucun compte de nos règles. Si vous leur tapez sur le pied, aussitôt ils se retournent, offusqués : « Eh, mec, tu me touches pas ! » Trop souvent ils ont l'impression qu'ils sont rapides. Mais après avoir fait montre de leurs vitesse et vantardise initiales, tout à coup ils s'arrêtent net au milieu d'un couloir, s'accrochent à la corde, essoufflés, hors d'haleine, et obligent tout le monde à s'arrêter derrière eux. « Je fais juste une pause », disent-ils. Essayez de ne pas vous mettre en colère contre eux. Attendez pour les juger. Car ils ne pollueront pas longtemps nos eaux, ces intrus à la faible volonté qui demeureront parmi nous un court laps de temps. Au bout d'une semaine ou deux, ils perdront tout intérêt pour la natation et nos lignes reviendront à leur état habituel, moins encombrées.

Il est illusoire de croire que la piscine est à nous et à nous seuls. Nous savons qu'il existe d'autres usagers qui vouent à ces lieux un attachement aussi farouche que le nôtre. Ceux qui s'entraînent pour le triathlon, par exemple, viennent tous les dimanches après-midi entre seize heures trente et dix-huit heures. Il y a également le club de plongée (les mardis et jeudis, de midi à treize heures). Le cours de natation des Têtards, pour les enfants de moins de cinq ans (le samedi de treize à quatorze heures). Et si vous ratez le changement d'heure, et qu'un jour vous arriviez par exemple à sept heures au lieu de huit, vous tomberez sur l'équipe de natation de la ligue nationale des Masters Swimming à l'entraînement du matin sous l'œil sévère de notre célébrité locale, le Coach Vlad. *Allez ! Allez ! On appuie !* Et pendant un instant, en les regardant fuser comme des torpilles à travers les lignes, chaque mouvement parfait, battant à tout instant des records de vitesse, le plus lent d'entre eux faisant honte au plus rapide d'entre nous (excepté notre ancienne championne olympique), vous vous demandez ce que vous avez pu faire pendant toutes ces années. « Pourtant j'aurais juré que je nageais ! » Peut-être que ce sont eux les vrais nageurs, et que nous ne sommes que de pâles copies. Mais très vite, oui, très vite, vous chassez cette idée de votre esprit en refermant la lourde porte de métal derrière vous – *je me suis trompée !* – et vous repartez sans bruit. Et lorsque vous revenez une heure plus tard pour votre habituelle séance de huit heures, on dirait que ces gens n'ont jamais existé. Les planches sont ordonnées par couleurs en deux piles rangées contre le mur. Les lignes sont désertes. Le surveillant de baignade grimpe à l'instant sur sa chaise. Vous retirez vos tongs et vous vous jetez dans l'eau bleue immobile. *Prems !*

De temps à autre, l'une d'entre nous disparaît pendant une semaine ou deux et l'on se renseigne là-haut. On envoie des e-mails. On laisse des messages audio. On écrit des mots à l'ancienne sur de fines feuilles de papier à carreaux qu'on plie en quatre pour les glisser sous une porte. *Coucou, tout va bien ?* En général, il n'y a rien de grave. Une tendinite à l'épaule (« Mon chien tire trop fort sur sa laisse »). Une présence requise en tant que membre d'un jury. La semaine annuelle de congrès de l'entreprise. Un visiteur qui s'est installé chez nous et qui refuse de partir. Ou tout simplement, comme Alice, vous oubliez. Pourtant, de temps à autre, arrive une mauvaise nouvelle : *Il a abandonné.* Parfois, là-haut, un nageur reçoit un ultimatum inattendu de la part d'une épouse malheureuse : *C'est moi ou la piscine.* Ou ils se réveillent un matin, au bout de vingt-cinq ans, et la pensée de nager ne serait-ce qu'une longueur de plus leur est insupportable. *Ça m'a paru soudain dénué de sens.* Et voilà, nous n'entendrons plus jamais parler d'eux. Mais à tous ceux qui nous ont quittés – volontairement, à regret, ou sous la contrainte – nous n'avons qu'une chose à dire : revenez quand vous voulez nager dans votre ancienne ligne. Nous ne poserons pas de questions (« Mais où étais-tu passée ? »). Nous ne vous tiendrons pas rigueur de votre absence. Nous promettons de vous accueillir chaleureusement, avec respect et sans faire trop d'histoires. « C'est sympa de te revoir », dirons-nous, ou : « Ça faisait un bail ! » Mais gardez bien en tête ceci : si vous nous abandonnez une seconde fois, c'est terminé.

Une fois par an, à la mi-août, la piscine ferme pendant dix jours pour des questions de maintenance, alors nous faisons de notre mieux pour renouer le contact là-haut avec notre famille et nos amis que nous négligeons d'habitude. Nous sortons boire un coup avec les collègues après le travail, nous appelons nos mères, nous faisons des brunchs, nous faisons des lunchs, nous partons pour de longues promenades postprandiales dans le parc. Nous essayons de rattraper tout ce que nous remettons à plus tard depuis des mois : faire les poussières, renouveler notre permis de conduire, changer les joints du carrelage de la salle de bains, passer la serpillière, prendre rendez-vous pour une coloscopie. Beaucoup d'entre nous, cultivant l'harmonie au sein du couple, profitent de ce moment pour partir en vacances avec leur conjoint. Mais à la minute où nous rentrons – avant même d'avoir ouvert le courrier, défait les valises, aéré la maison, errant de pièce en pièce dans le brouillard du décalage horaire en présentant nos excuses aux bouquets fanés et en arrosant désespérément nos plantes moribondes – nous sommes déjà dehors, filant telles des fusées. *Il faut que j'aille faire mes longueurs.* Alice oublie toujours que la piscine est fermée, et chaque après-midi à quatorze heures, on la voit frapper à la porte d'entrée, là-haut, mais le bâtiment est plongé dans l'obscurité, les portes sont verrouillées, et elle se demande si c'est la fin du monde. « Bonjour ? Bonjour ? Bonjour ? »

Des boules de coton, des alliances, un demi-dentier, deux gouttières dentaires, quarante-deux dollars cinquante-huit en petite monnaie, trois euros (visiteurs récents), quatre deutsche marks (visiteurs très anciens), une montre Patek Philippe (qui marche encore) au bracelet amovible, un piège à souris en bois (*sans* souris), un canard jaune gonflable (dégonflé), une paire de lunettes à monture en corne de bison au verre droit légèrement fendu (trifocal) – voilà certains des objets qui ont échoué au fond de notre piscine au fil des ans. Où sont leurs propriétaires aujourd'hui, nous n'en sommes pas certains. Peut-être ont-ils quitté le quartier et nagent dans des eaux étrangères et d'aucuns diraient d'une essence supérieure : la mer Égée, le lac Léman, Montego Bay, la piscine en sous-sol du Ritz à Paris (*On barbote plutôt qu'on nage*). Peut-être prennent-ils un bain de soleil sur la Côte d'Azur. Peut-être sont-ils toujours parmi nous et n'ont pas conscience d'avoir perdu quelque chose. Peut-être que c'est vous. Dans ce cas, munissez-vous de votre pièce d'identité et grimpez les deux étages jusqu'aux objets trouvés, au palier inférieur III. Tous les objets sont emmagasinés dans l'espace réservé (un grand conteneur en plastique bleu au fond du placard de stockage) pendant deux semaines puis ils sont jetés, donnés à un organisme caritatif ou entrent dans la collection du frère de l'administrateur de la piscine, Stu. Si vous avez la chance de retrouver ce que vous cherchiez, ne baissez pas l'avant-bras, poing fermé, en criant « Yes ! ». Un simple merci au préposé aux objets trouvés suffira. Si vous n'avez pas cette chance, ne prêtez pas attention à cette douleur qui vous serre le cœur et dites à l'employé d'un ton tranquille en haussant les épaules : « Ce n'est qu'un objet. » Et quoi qu'il arrive, ne demandez pas à voir Stu.

Certains disent que notre propension à nager est excessive, si ce n'est pathologique. *Je suis navrée que tu te sentes obligé de faire exactement soixante-huit longueurs.* Nous passons trop d'heures là en bas, nous reproche-t-on, c'est une distraction, une dispersion, une diversion, un abandon de nos obligations, sans parler du fait que ce n'est pas sain. On nous rappelle les risques qu'encourent les nageurs au sujet des oreilles, des yeux rouges, des germes présents dans l'eau, de la syncope en apnée, des dommages irréparables que le chlore cause à nos cheveux. *On dirait de la paille.* Est-il vraiment nécessaire, nous demande-t-on, de faire la même chose, à la même heure, tous les jours, chaque semaine, chaque année, sans faute ? Et les promenades ? Et le soleil ? Et les pique-niques ? Les oiseaux ? Les arbres ? Et *moi !* nous demandent nos amis et notre famille, exaspérés. C'est alors qu'ils se mettent à énumérer nos défauts : notre nature fondamentalement solitaire, notre besoin d'ordre, notre impérieux désir à l'exclusion de tout le reste d'être seul dans l'eau avec nos pensées, notre obsession de compter nos longueurs, comme si la somme de nos allers-retours – notre *mesure* – révélait notre valeur profonde, notre mépris secret pour ceux qui vivent en permanence là-haut (« Tu crois qu'on fait tous la moule sur notre canapé ? »), notre conviction qu'une journée sans nager ne vaut pas la peine d'être vécue, notre incapacité à tolérer le moindre changement dans notre routine (*Mais je vais rater la piscine !*), notre aversion pour le chaos et la spontanéité, disons-le même, pour la vie. *Tu n'es pas drôle.* Lâche-toi un peu, nous lance-t-on. Saute une séance. Deux séances. Fais soixante-sept longueurs au lieu de soixante-huit. À moins que nous ne préférions passer le restant de nos jours à faire des allers-retours au fond d'une boîte en béton géante ?

La réponse, bien sûr, est oui. Parce que pour nous, nager est plus qu'un passe-temps, c'est une passion, un réconfort, une drogue choisie, ce que nous attendons plus que toute autre chose. *C'est le seul moment où je me sens vraiment en vie.* Cela nous permet de rester concentrés, attentifs, cela ralentit le processus de vieillissement, fait baisser notre pression artérielle, développe notre énergie, notre mémoire, notre capacité respiratoire, notre vision même de la vie. Sans la piscine, en fait, nous serions sûrement tous morts. Alors, à nos critiques – et à tous ceux qui prétendent que c'est seulement une question d'endorphines –, nous disons venez donc essayer, soyez nos invités pour la journée. Prenez une serviette, enfilez votre maillot et votre bonnet, et approchez-vous du bord. Maintenant, mettez vos lunettes, tendez les bras devant vous, une main par-dessus l'autre, les pouces croisés, le menton rentré, et lancez-vous dans ce glorieux plongeon. Vous verrez. Une fois dans l'eau, vous ne voudrez plus en sortir.

Bien sûr, nous savons que nous ne pouvons passer le restant de nos jours là en bas. Nos conjoints tombent malades et ont besoin d'une présence constante. *Je ne peux plus la laisser.* Des licenciements surviennent. Des emprunts ne sont plus remboursés. Des médicaments cessent de faire effet. Le nombre de globules blancs chute. Des alibis tournent court. Des avions disparaissent. Des biopsies deviennent positives. Une ombre apparaît sur la radio, qui n'existait pas auparavant. Vous glissez sur le tapis antidérapant en sortant de la baignoire et vous vous cassez la rotule gauche. Vous entrez à l'hôpital pour une procédure de routine et vous n'en ressortez jamais. Vous ne prêtez pas attention à ce grain de beauté. Vous oubliez de changer la pile du détecteur de fumée. Vous ne regardez que d'un côté en traversant la rue – *rien que cette fois.* Vous vous réveillez un matin, et vous ne vous rappelez même plus votre nom (c'est *Alice*). Mais jusqu'à ce jour, vous gardez les yeux fixés sur cette ligne noire peinte au fond de la piscine et vous faites ce que vous pouvez : vous continuez à nager. Votre rythme est régulier sans être pressé. *Inutile de se dépêcher.* Vous êtes en forme. D'humeur égale. Vous êtes dans votre élément, une fois de plus. *Encore une longueur,* vous vous dites, *et j'arrête.*

LA FISSURE

Au début, on la voit à peine, petite ligne sombre juste au sud de la bonde dans le grand bain, ligne quatre. Elle apparaît un instant quand vous nagez au-dessus, et dès qu'elle quitte votre champ de vision, vous n'y pensez plus, tel un rêve qui s'évanouit au réveil. Si vous clignez ou tournez la tête vers la lumière en remontant à la surface, ou si vous admirez tout simplement le physique supérieur du nageur du couloir voisin, vous ne la verrez pas. Beaucoup d'entre nous, âgés, et n'ayant plus un œil de lynx, sommes des taupes sans nos lunettes, et nous ne voyons même pas la fissure. Ou bien en la voyant, nous la prenons pour autre chose : un bout de ficelle, de câble, une rayure sur nos lunettes de piscine. L'une d'entre nous, comme pour tout le reste, croit que ça vient d'elle : « J'ai cru avoir un truc dans l'œil ! » Et pour les nageurs lents qui passent la plupart de leur temps – et de leur vie, semble-t-il – à barboter dans le petit bain, la fissure n'est qu'une rumeur, une nouvelle venant d'une autre ligne, à laquelle nous ne prêtons aucune attention.

L'un de nous cependant sort de l'eau dès qu'il aperçoit la fissure et s'en va sans dire un mot. « Il a rendez-vous chez la dentiste », dit l'une. Un autre déclare : « Il a eu peur. » Quelle que soit la cause de ce départ abrupt, nous n'avons eu aucune nouvelle depuis.

Pendant plusieurs jours, nous observons la fissure avec prudence, attendant de voir ce qui va suivre. Si elle s'agrandit, s'assombrit, change d'apparence, de forme, se réplique comme un virus dans la ligne sept, puis la huit. Mais la fissure demeure obstinément, silencieusement, ineffablement égale à elle-même, minuscule fracture de l'épaisseur d'un cheveu au fond de la piscine, pas plus longue que l'avant-bras d'un enfant.

Quelques-uns parmi nous pensent que nager au-dessus de la fissure porte malheur et décident d'éviter à tout prix la ligne quatre. « Je crois que je vais faire des exercices », disons-nous alors, et d'attraper une planche pour nous en aller d'un pas nonchalant vers les lignes une ou deux. Certains de nos voisins dans les lignes trois et cinq montrent de la curiosité et, dès qu'ils peuvent, jettent un coup d'œil furtif sur le côté. L'une, mouvements costauds et extrêmement sérieux, qui là-haut travaille dans l'événementiel au noir, se dit déterminée à ignorer la fissure – « Je refuse de la laisser prendre la main » –, pourtant, elle se surprend à la regarder chaque fois qu'elle nage au-dessus, presque malgré elle. « Je ne peux pas m'en empêcher. » Un autre jure que la dernière fois où il a nagé par-dessus, il s'est senti attiré vers le fond, avec douceur mais insistance – « J'avais l'impression de voler au-dessus du triangle des Bermudes » –, tandis que certains y pensent à peine. Alice l'oublie dès qu'elle sort de l'eau, et si jamais dans les vestiaires quelqu'une lui en parle, elle la regarde comme si elle était folle. « Une fissure ? Mais il n'y a pas de fissure », répond-elle.

Il en est parmi nous, toutefois, qui ne peuvent surmonter leur inquiétude. Et si cette fissure était le symptôme d'une dégradation systémique profonde ? Ou d'une anomalie géologique ? Ou la manifestation d'une importante faille souterraine qui grandit à l'abri des regards depuis des années ? D'autres ricanent. La fissure, disent-ils, est purement cosmétique. Une trace de rouille laissée par une épingle à cheveux tombée de la tête d'Alice. *Elle ne pense pas toujours à mettre son bonnet.* Ou bien, dit quelqu'un, c'est une fausse fissure. Ou une œuvre d'art. Ou les deux : un trompe-l'œil génial. *Tout ce qu'il faut, c'est une règle et un marqueur à pointe fine.* Une autre personne suggère que la fissure n'en est pas une, mais une blessure qui finira par se refermer et guérir, ne laissant derrière elle qu'une vague cicatrice. Pour l'instant, elle a seulement besoin de respirer. « Laissez-lui du temps », nous demande-t-on.

Enfin, on fait appel au surveillant de baignade pour régler les choses une bonne fois pour toutes. Il scrute l'eau claire bleutée, son sifflet d'argent se balançant au bout du ruban accroché autour de son cou, puis il secoue la tête : « C'est rien. »

Pourtant, beaucoup d'entre nous demeurent anxieux. Parce que, à vrai dire, on ne sait pas de quoi il s'agit. Ni ce que ça signifie. Si d'ailleurs cela signifie quelque chose. Peut-être que la fissure n'est qu'une fissure, rien de plus, rien de moins. *Un peu d'enduit pourrait suffire.* À moins qu'il ne s'agisse d'une fracture. D'un rift. D'une fosse des Mariannes miniature. D'un minuscule accroc dans l'étoffe du monde que la meilleure volonté ne pourra réparer. Bien entendu, nul ne veut plonger au fond pour y toucher. « J'ai peur », dit l'une. « Je crois que je vais vomir », dit l'autre. « J'aurais préféré ne jamais la voir, rien ne sera plus jamais comme avant », dit une troisième. Nous nous posons tous des questions : la fissure est-elle transitoire ou définitive ? Superficielle ou profonde ? Maligne, bénigne ou – James, l'expert en éthique de la ligne deux – moralement neutre ? D'où vient-elle ? Quelle est sa profondeur ? Y a-t-il quelque chose dedans ? À qui la faute ? Peut-on renverser la situation ? Et surtout : *Pourquoi chez nous ?*

« Nous procédons à des analyses », nous dit le directeur. La seule chose qu'il puisse affirmer sans se tromper, c'est que la fissure n'est pas une fuite. La pression de l'eau n'a pas changé. Le niveau de la surface n'a pas baissé. Aucune présence de liquide n'a été détectée dans le sol, et les fondations demeurent saines et intactes. Des experts seront bientôt là pour examiner cette fissure, en rechercher l'origine et d'autres évaluations suivront en fonction de l'évolution de la situation. « Ça arrive », nous dit-on. La fissure est sans doute un phénomène passager dû au réchauffement récent, et à la fin de l'été, prédisent les officiels, tout sera redevenu normal.

Quant à savoir qui a vu la fissure en premier, la question fait l'objet de débats farouches. Certains disent que c'est Vincent, l'ancien dealer de la ligne cinq, qui montre face à son environnement une vigilance qui nous échappe. *On pourrait croire qu'il scrute le fond de la piscine aussi attentivement qu'un pâté d'immeubles.* Mais Vincent nous détrompe en insistant sur le fait qu'à l'instant où il entre dans l'eau, il « coupe tout ». Tout ce qu'il voit, c'est un trait noir qui court au fond de son couloir. C'est tout. D'autres prétendent que sur le plan « technique », c'est peut-être Alice, qui remarque tout comme si c'était la première fois (« Vous avez une serviette sur la tête ! » est-elle capable de vous dire dans les vestiaires), puis elle oublie aussitôt. Alors nous nous posons la question : peut-on dire qu'on a vu quelque chose quand on ne sait plus ce qu'on a vu ? Mais d'autres encore soutiennent que l'essentiel n'est pas de savoir qui a vu la fissure en premier, mais le simple fait de l'avoir vue. Il est possible qu'elle soit là depuis le début, attendant de se dévoiler à nous.

Là-haut, nous continuons à mener nos vies comme de coutume – nous comptons nos pilules, allons à nos réunions, faisons les courses, nous mangeons, nous réconfortons nos collègues (*Ce que j'entends dans ce que tu dis, c'est que...*), nous suivons les protocoles, scrutons nos écrans –, pourtant rien ne nous semble vraiment réel. *J'y pense tout le temps.* Même ceux d'entre nous qui prétendent ne pas être affectés par la fissure sont régulièrement la proie d'un malaise sans parvenir à savoir d'où ça vient. A-t-on oublié de faire une sauvegarde des dossiers ? De rembourser l'emprunt ? De fermer le gaz ? D'appliquer une bonne couche de crème solaire toutes les deux heures sur les surfaces exposées de nos mains, de nos bras et de notre visage ? Ou bien nous discutons avec nos conjoints, nous voyons leurs lèvres bouger, pourtant ils nous paraissent à des millions de kilomètres. « Qu'est-ce qu'il y a ? » demandent-ils. Ou « Ça va, chéri ? ». Ou « Allô Alice, ici la Terre ! ». Quand soudain une image s'affiche un instant devant nos yeux – une vague ligne qui vacille – et pendant un moment, nous ne savons plus quel jour on est, ni à qui nous parlons, ni pourquoi, puis nous secouons la tête, et de même qu'elle était apparue, l'image se dissipe – *elle s'est enfuie* – et nous revenons à notre quotidien. « Je ne sais pas », répondons-nous. Ou : « Tout. » Ou : « Je crois que je perds la tête. »

Plusieurs craignent que la fissure ne soit de notre faute. Nous avons honte, comme s'il s'agissait d'un défaut, d'une flétrissure, d'une marque indélébile, d'une tache morale sur notre âme que nous avons nous-mêmes attirée. « On n'aurait pas dû exclure les enfants de la piscine », dit l'une. « On aurait dû être plus gentils avec le dernier surveillant de baignade », dit l'autre. « C'est la rançon de notre campagne secrète pour nous débarrasser du groupe de natation synchronisée, l'été d'il y a deux ans », dit encore une autre. (Même si, fait observer l'un de nous, elles le méritaient vraiment : « Elles en faisaient des tonnes. ») « Mais faut-il absolument tout mettre sur le dos de la direction chaque fois qu'un petit truc va mal ? » demande quelqu'une. « Et faire autant de battage à propos de la dernière augmentation de notre forfait annuel ? » ajoute un autre. « Voilà ce qui arrive quand on passe son temps à se plaindre et à se plaindre encore », dit l'une. « Et à reporter les travaux de maintenance pendant trois ans », dit l'autre. « Je voudrais... », dit Alice, mais sa voix se perd. « Peu importe ce que je voudrais. » Quelqu'un ajoute : « On a le mauvais œil. »

Dix jours après l'apparition initiale de la fissure, les inspecteurs admettent qu'ils « ne savent toujours pas de quoi il retourne ». Bien que d'autres fissures inexpliquées soient apparues dans d'autres piscines à travers les États-Unis et même dans de lointains pays comme le Japon (Tokyo, hôtel Okura, piscine intérieure, ligne trois : fissure polie), Dubai (Bab Al Shams Desert Resort & Spa, piscine à débordement, espace jacuzzi : fissure cinq étoiles) et la France (Paris, piscine Pontoise, ligne verticale derrière l'échelle : *fissure française**[1]), aucune

1. Tous les mots en italique suivis d'un astérisque sont en français dans le texte. *(N.d.T.)*

d'entre elles n'est exactement pareille à la nôtre. « On n'a jamais vu ça », dit Brendan Patel, professeur d'ingénierie structurelle à l'école polytechnique de l'autre côté de la ville. Christine Wilcox, une scientifique qui travaille pour le US Geological Survey, déclare que la fissure résulte peut-être d'un microséisme souterrain trop faible pour avoir été détecté par les capteurs, qui n'ont fait état d'aucune activité sismique dans la région sur les trente derniers jours. Mais bon, ajoute-t-elle, ça peut être autre chose. On nous assure toutefois que la fissure ne pose aucun danger immédiat pour notre santé, notre bien-être, et que nous sommes en sécurité. « Mais est-ce que nous parviendrons à aller au fond du problème, cela reste à voir », dit Carol LeClerc, conseillère auprès de la Task Force de la piscine.

Une vieille habituée du matin, Eleanor, vide tranquillement son casier en disant qu'elle ne reviendra pas. « Je crois que je vais m'inscrire à un cours de yoga. » Michael, l'aquajogger, annonce que lui aussi quitte la piscine : « Jusqu'à ce que les experts comprennent ce qui se passe », et durant les trois jours suivants, Alice perd sa gaieté habituelle : « Où est Mike ? » ne cesse-t-elle de demander. Mais nous autres, nous continuons à nager avec audace et bravoure. Même si nous nous demandons : y a-t-il quelque chose que Mike et Eleanor savent et que nous, qui comptons nos longueurs, nous, qui brassons l'eau dans nos couloirs de nage, nous, qui refusons résolument l'air frais et le soleil (*À quoi ça sert ?*), nous ignorons ?

Voilà ce que nous savons de la fissure jusqu'ici : elle ne résulte pas d'un mauvais fonctionnement de la soupape de sécurité hydrostatique (Ted Huber, inspecteur de piscine certifié, ABC Pool & Spa : « La soupape est bonne »), ni de travaux clandestins nocturnes opérés sur un chantier de construction tout proche (Al Domenico, gestionnaire de projet, Integrity Construction : « C'est pas nous »). Ce n'est en aucun cas une calamité (Isabel Grabow, porte-parole de la piscine : « Ce n'est en aucun cas une calamité »), ni une fake news (Larry Fulmer, responsable du risque et de la sécurité : « Eh, les gens, c'est pour de vrai »), même s'il existe une chance infinitésimale (Edison Yee, mathématicien au Bureau d'études des structures : « Disons que c'est au mieux insignifiant du point de vue statistique ») pour que ce soit une erreur. *Oups ! Mauvaise piscine.* Bien que la fissure paraisse pour l'essentiel de nature docile et ne semble pas animée de mauvaises intentions à notre encontre, ses véritables desseins demeurent étonnamment inconnus. Les inspecteurs continuent d'explorer toutes les causes possibles, naturelles ou humaines, et pendant ce temps, la direction de la piscine invite tous les experts qualifiés qui détiennent le plus petit début d'explication à se mettre dès à présent en rapport avec elle.

Un par un, nous insérons nos suggestions dans la boîte placée à la porte du directeur de la piscine. Jonathan, ligne trois : « C'est une égratignure superficielle. » Francesca, marcheuse d'eau : « D'origine idiopathique. »

L'héritière de casino reniée, aux genoux hyperlaxes, ligne quatre : « Un stigmate ? » La pasteure Eileen, ancienne prof de natation du lycée et membre de l'équipe de natation All-State : « Cousine dégénérée de la ligne noire peinte au fond. » George un : « C'est une insulte. » George deux : « C'est une blague. » George trois : « C'est un cri d'alarme, un appel général. » Le nouveau de la ligne six, avec son piercing au nombril et son tatouage yin-yang : « C'est notre San Andreas à nous. » Geraldine, assureuse spécialisée dans les problèmes médicaux, ligne cinq : « Ce n'est pas notre problème. C'est une condition préexistante qui n'a pas émergé sous notre gouverne. » Marv, notre catastrophiste, et le plus élégant des amateurs de dos : « C'est un signe que le ciel nous envoie pour nous faire comprendre que notre temps en ce bas monde est compté. » La dernière à se manifester est Mary Ellen, juge à la cour d'appel en retraite, qui griffonne deux mots au dos d'une contravention pour stationnement impayé, qu'elle lâche dans la boîte du directeur : « Travail d'infiltré. »

D'autres explications nous arrivent de la communauté des terriens, là-haut, mettant en cause l'évolution de l'état du sol, le béton chinois de mauvaise qualité, une doline en formation, une demande d'attention désespérée, un acte de Dieu, la conséquence d'un phénomène géologique profond et – d'après Sahara, notre astrologue locale – « un alignement des planètes rare et malencontreux aux conséquences particulièrement malignes ». Le professeur d'astronomie Nate Zimmerman a tôt fait de qualifier la « prétendue parade des planètes » de Sahara de « gros tas de conneries ». « Où est la science dans tout ça ? » demande-t-il. Il y a aussi la théorie de l'expansion terrestre (« A-t-on encore besoin de preuves pour comprendre que notre planète commence à craquer aux entournures ? » interroge Bob Esposito, le propriétaire de la quincaillerie Ace Hardware Store), la théorie de la blague cosmique (*ah ah ah ah ah ah ah ah ah*), la théorie conspirationniste (Rick Halloran, trésorier du Rotary Club : « C'est les Saoudiens qui ont fait le coup »), la théorie des vibrations-des-camions-sur-l'autoroute (également connue sous les noms de théorie « des poids lourds » ou « du vrombissement ininterrompu »). Aucune de ces suppositions, même la plus convaincante, n'est avérée. « On pédale dans la semoule, ici », dit Theresa Boyd, la responsable qualité de l'eau et de la santé environnementale.

Le plus fou, peut-être, c'est la théorie de la psychose collective mise en avant par une minorité, faible mais audible, de non-nageurs là-haut (ils nient l'existence même de la fissure) qui prétendent, alors qu'ils ne sont jamais descendus dans notre piscine, que cette fissure est « illusion » pure, ou qu'il s'agit d'une « auto-organisation » – une « psychose partagée » – et que si nous reprenions nos esprits et cessions d'y penser à chaque seconde du jour et de la nuit, elle disparaîtrait. Le problème de cette théorie est que, après avoir vu la fissure, ou lorsque vous croyez l'avoir vue, elle s'inscrit subrepticement dans un recoin de votre esprit à votre insu. Et chaque fois que vous nagez au-dessus, ou que vous en entendez parler par des gens de l'extérieur (« Quelqu'un a dit que c'était *contagieux*? »), elle se grave plus profondément encore dans les circuits neuronaux de votre esprit. Et avant que vous vous en rendiez compte, elle élit domicile en vous de manière permanente. « C'est la première chose à laquelle je pense en me réveillant le matin, et la dernière à laquelle je songe le soir avant de m'endormir », dit l'un. « Sincèrement, c'est une obsession », dit l'autre. « Ce que je me demande, c'est s'il en sortira quelque chose, et dans ce cas, quoi ? » dit encore une tierce personne.

Nous sommes toutefois réconfortés par les résultats de la dernière étude, selon laquelle une fissure telle que la nôtre – vague, à peine décelable, presque invisible à l'œil nu, en un mot, timide – tend à être de nature apathique, non agressive, et qu'elle avance à la vitesse d'un glacier. « Elles peuvent rester en l'état, sans rien faire, pendant des années ! » nous assure l'ingénieur en chef Henry Mulvaney de la firme d'ingénierie géotechnique approuvée par la direction, Mulvaney & Fried. Tandis qu'une « vraie » fissure, si on l'oublie ne serait-ce que quelques heures, peut facilement continuer sa course et gagner toute une piscine en une nuit. « On voit ça tout le temps. » Sa conclusion finale : notre fissure est plutôt une « pré-fissure » qu'une véritable fissure en soi. « Rien d'inquiétant », nous affirme-t-on. Néanmoins, l'experte indépendante spécialiste des malfaçons, la professeure Anastasia Heerdt, nous met en garde et nous conseille de ne pas prendre trop au sérieux Hank Mulvaney, qui nous caresse dans le sens du poil. « Il vous dit juste ce que vous avez envie d'entendre. » Son conseil : « Continuez à faire vos longueurs tant que vous le pouvez. »

« Je n'aime pas ça », dit Gary, ligne quatre, qui en temps normal n'a peur de rien. Sheila, ligne sept, admet que depuis quelque temps la seule chose à laquelle elle pense lorsqu'elle plonge dans l'eau, c'est : « Quand vais-je ressortir ? » Dennis, brasse indienne, dit que lui préfère sortir tout de suite, et – une, deux, trois – il hisse avec grâce sa lourde masse sur le bord. « En voilà assez. » Walter, ligne trois, admet qu'il n'a jamais aimé nager « tant que ça » – première nouvelle (« Ordre du médecin », explique-t-il) – et qu'il ne reviendra pas de sitôt, « si jamais il revient ». (« Le mec cherchait juste une excuse pour arrêter », dit sa voisine de ligne, Vivian.) Sophie, ligne six, admet qu'elle déteste dire ça – « J'ai un sentiment de trahison » – mais qu'elle envisage d'essayer une autre piscine. Alice répond : « Mais il n'y a *pas* d'autre piscine. » Et Saul d'approuver : « C'est vrai. C'est vrai. » Dans les vestiaires des hommes, on entend un habitué de l'après-midi, Randall (chaîne en or, pull-buoy, maillot imprimé style Mondrian), dire qu'il est « fatigué du petit monde de la piscine », et le lendemain, lui aussi, il est parti. Mais nous autres, nous continuons à nager obstinément.

Les jours passent sans autre incident – pas de nouvelles fissures, et la première, « notre » fissure, ne bouge pas, même d'une fraction de centimètre – et nos esprits commencent à s'éclaircir, nos inquiétudes à se dissiper peu à peu. Il nous vient alors en tête que cette fissure n'est peut-être pas si dangereuse, après tout. *Quand on la considère comme une simple ligne, ce n'est pas si effrayant.* Beaucoup d'entre nous, à présent embarrassés par leur peur initiale, nagent au-dessus de la fissure dès qu'ils en ont la possibilité. Ceux qui évitaient le couloir quatre reviennent, la queue entre les jambes. Les oiseaux de malheur qui prédisaient désastre et catastrophe – *C'est le début de la fin* – admettent qu'ils ont un peu surréagi, voire – oui, ça arrive – qu'ils se sont carrément trompés. Et ceux d'entre nous qui observaient avec vigilance la fissure chaque fois qu'ils arrivaient à la piscine s'aperçoivent qu'ils ne procèdent plus à leurs vérifications rituelles avant et après la nage. *J'ai oublié !* Et, pour la première fois depuis plusieurs semaines, nous sommes tranquilles.

« On s'habitue à tout », disons-nous. Et puis : « Les choses arrivent pour une raison. » Rabbi Abramcik, ligne trois : « Il s'agit d'une infortune mineure au sein d'une longue lignée de malheurs continuels. » Mrs Fong, ligne quatre, hausse les épaules : « J'ai connu pire. » Et quelques-uns parmi nous – indécrottables optimistes – prétendent éprouver une véritable gratitude pour l'apparition soudaine et inattendue de cette fissure dans nos vies aquatiques parfaitement prévisibles. *Pousse, pousse, respire, pousse, pousse, respire.* « Qui sait ? dit Glenn, tenant de la pensée positive, ligne sept. Peut-être que ça nous fera du bien. Ça nous donnera une leçon. » La fissure nous anime, nous exalte même, comme si nous avions été choisis pour vivre un destin particulier. « Ce genre de choses n'arrivent pas à n'importe qui, vous savez », dit l'une. « Cela rajoute un élément de surprise », dit l'autre. « *C'est* une surprise », ajoute Alice. « J'ai l'impression d'avoir attendu ça toute ma vie », déclare une tierce personne.

Pourtant, dans nos moments les plus sombres, nous ne pouvons nous empêcher de nous interroger : *Est-ce une bénédiction déguisée, ou juste un déguisement ?* Et s'il s'agit d'un simple déguisement, que dissimule-t-il ?

Naturellement, les théories fleurissent. Certains prétendent que la fissure a été délibérément causée par la direction, que c'est une excuse pour fermer la piscine. *Tout ça fait partie d'un plan.* Et le surveillant de baignade, insistent-ils, est de mèche. *Alors faites attention à ce que vous dites.* D'autres ont entendu raconter que la fissure ouvre sur un autre monde, plus profond, situé juste sous la surface du nôtre. Un univers alternatif, peut-être plus vrai que le nôtre, avec sa propre piscine en sous-sol, remplie de gens plus rapides et plus beaux, aux maillots moins distendus, qui réussissent leurs virages à tous les coups. « Comme les nageurs de compétition, mais en mieux », dit l'une. « Et en plus sympa », dit l'autre. Une tierce personne déclare : « C'est la version de nous idéalisée ! » On évoque aussi des failles insondables, des dépôts de résidus chimiques enfouis depuis des décennies, une mine de sel effondrée, une rivière souterraine dont les eaux coulent sans entrave depuis dix mille ans (« Dedans, il y a des poissons *sans yeux* »), un vide immense et morne, si vaste que le contempler pendant ne serait-ce que quelques instants pourrait faire exploser votre tête. *À croire qu'on nage au-dessus du néant.*

Vers le mitan de l'été, l'attrait de la nouveauté s'est dissipé, et nous tournons notre attention peu à peu vers d'autres choses que la fissure : l'installation des nouvelles pommes de douche écologiques dans les vestiaires, la disparition des lunettes de piscine de Susan, la directrice administrative de l'université (affaire toujours non élucidée), une histoire de mains baladeuses à la ligne trois (l'agresseur supposé ayant été jeté dehors par les membres de la sécurité en moins de cinq minutes), une bagarre à la ligne sept (« Il a refusé de me laisser le doubler ! »), le nouveau maillot psychédélique avec des motifs cachemire arc-en-ciel d'Angelita, qui date d'environ 1969 (consensus à la piscine : *trop génial !*), la vague de chaleur caniculaire là-haut – les réservoirs qui se vident, les jardins parcheminés, les petits chiens qui tirent la langue –, qui ne donne aucun signe de vouloir se calmer. Certains jours, c'est à peine si nous accordons une pensée à la fissure, même si elle continue de hanter inopinément nos nuits sur terre. *Cette nuit, j'ai rêvé que j'avais une écharde dans l'œil.* Mais la plupart du temps, elle est seulement là en fond, présence diaphane mais ineffaçable, aussi fine qu'une lame de rasoir, à la périphérie de notre univers. En réalité, nous nous sommes tellement habitués à ce qu'elle soit là, qu'au bout d'un moment, nous ne la voyons plus.

Par conséquent lorsqu'un jour nous nous apercevons que, pendant qu'on avait le dos tourné, la fissure a disparu, nous nous demandons : est-ce qu'on s'est trop habitués à elle ? Est-ce qu'on l'a trop considérée comme acquise ? D'ailleurs, était-elle vraiment là ? (Peut-être qu'en réalité on l'a seulement imaginée ?) « J'aurais *juré* l'avoir vue ce matin même », déclare Leonard, un accro de la ligne quatre. Et même si beaucoup parmi nous sont soulagés qu'elle ne soit plus là – « Ça commençait à me taper sur les nerfs », dit Shannon, brasse indienne –, elle manque déjà à quelques-uns, qui caressent l'espoir secret qu'elle réapparaisse en temps voulu. Nous nous sentons tristement diminués sans elle, à croire qu'une partie de nous-mêmes est morte. « Ça me faisait vraiment du bien de la regarder chaque matin avant d'aller au travail », dit l'une. « Chaque fois que je nageais au-dessus, ça me donnait un petit frisson », dit l'autre. Alice fait ses longueurs, mais quand elle ressort de la piscine, elle n'est pas radieuse comme d'habitude. « Quelque chose ne va pas », dit-elle. Et ceux d'entre nous, parmi les nageurs lents des lignes une et deux, qui depuis le début voulaient aller jeter un coup d'œil à cette fissure, à présent regrettent d'avoir tant attendu. « Je pensais qu'elle serait toujours là », dit l'une. « C'est maintenant que j'ai peur », dit l'autre.

La grande question, pour beaucoup d'entre nous, est : qu'est-elle devenue ? Hibernation ? Rémission ? Ou est-ce qu'elle avait envie de prendre sa journée ? Avons-nous dit (« On en fait trop à propos de ce truc », « Quelle perte de temps », « Toute la ville en parle, c'est ridicule ») ou fait ce qu'il ne fallait pas (« Et si on l'ignorait pour voir si elle disparaît ?) ? Ou a-t-elle tout simplement régressé – sans raison ? Y a-t-il des chances pour qu'elle réapparaisse dans le même couloir ? Une sur deux ? Deux sur trois ? *Nada ? Nichts ? Zilch ?* Est-il possible qu'elle soit encore là, mais qu'une modification de son apparence la rende indétectable même aux regards humains les plus affûtés ? Ou bien est-il possible qu'elle demeure présente, façon cellule dormante, juste sous la surface, qu'elle reprenne son souffle avant de se réveiller pour revenir à la vie dans un rugissement ? Ou encore s'est-elle lassée de nous et a décidé de migrer vers un bassin supérieur, plus désirable ? La piscine à fond noir dans le jardin des Welliver, peut-être (il y a un bar dans l'eau) ? Ou la fontaine à deux étages de l'atrium de l'aire de restauration asiatique au centre commercial (*monnaie !*). Pire : est-ce qu'elle en a eu assez d'être elle-même ? « *Suicide* », dit l'une. « Effacement », dit l'autre.

Le lendemain matin, aussi soudainement qu'elle avait disparu, la fissure réapparaît, et à notre grande surprise, beaucoup poussent un soupir de soulagement. *La vie n'était plus la même sans elle.* D'après l'assistante de direction, Maureen Engel, la fissure a été temporairement « masquée » par un « patch humide » expérimental appliqué à sa surface par des ingénieurs, tard dimanche soir, mais après une prometteuse période initiale d'adhérence impeccable – « Ça avait l'air si bien parti » – le patch n'a pas tenu. *Il ne collait plus.* Même si beaucoup d'entre nous sont contents de la revoir, la fissure paraît différente. *Elle n'est plus la même.* Plusieurs sont convaincus qu'elle s'est un tout petit peu élargie, le long du côté sud, tandis que d'autres sont tout autant persuadés que, au contraire, elle a rétréci. *On dirait qu'elle cligne.* Certains la trouvent plus « lisse » qu'avant. Ou plus frêle. Un peu moins en forme. *Elle a perdu de sa vigueur.* D'autres sont sûrs qu'elle est plus massive – juste un peu. L'une d'entre nous affirme qu'elle perçoit un changement douteux du contour – une très légère incurvation sinusoïdale – le long du flanc ouest. *Je crois qu'elle a vieilli.* Un autre jure que la fissure a migré vers le nord, d'un centimètre à peine, comme si depuis le début, tout ce qu'elle voulait, c'était se rapprocher de la bonde. Une tierce personne dit que peut-être en effet, elle s'est rapprochée de la bonde, mais qu'elle n'a pas aimé ce qu'elle a vu (*Trop de cheveux !*), qu'elle a fait demi-tour et qu'elle est revenue à sa place. Certains d'entre nous soupçonnent que ce n'est plus la même fissure qu'auparavant, mais un double maléfique anarchique – une imposture – qui a pris sa place pour nous aspirer tous dans un tourbillon de palmes en plastique et de ténèbres. *Il faut arrêter cette chose tant qu'on peut.*

Le directeur de la piscine nous pousse tous à « faire une pause » pour reprendre nos esprits, de crainte que nous ne nous perdions dans une « cacophonie de conjectures ». La fissure, nous dit-il, n'a pas changé ni bougé de manière significative, et les évolutions que nous détectons sont uniquement le fruit d'erreurs de perception mineures. *Si vous fixez un objet assez longtemps, vous commencez à voir des choses qui ne sont pas là.* Mais lorsque apparaît une seconde fissure, « jumelle » ou « clone » de la première – même longueur, même largeur, même couleur et tonalité –, deux jours plus tard au fond du couloir cinq, nous ne pouvons nous empêcher de nous demander s'il s'agit juste d'une répétition localisée et inoffensive – un effet mimétique –, ou du commencement de quelque chose de beaucoup plus néfaste. « C'est la deuxième chaussure ! » dit Vicky, ligne sept. « Comment ? » demande Alice. Et peu après le déjeuner, au moment où la nouvelle fissure se lance seule dans l'action, démarrant au fond de la ligne avant de freiner et de s'arrêter brutalement à quelques centimètres du mur (« inhibition de contact », nous apprend-on plus tard), même le plus à l'aise d'entre nous – le stable Steve – doit bien admettre que « ça ne peut pas être bon signe ». Et dans la soirée, alors qu'on découvre deux autres petites fissures cachées à la lisière entre les lignes cinq et six – plusieurs fissures indépendantes, nous demandons-nous, ou des répliques de la première ? –, nous commençons à soupçonner notre piscine d'être un « cluster de fissures ». « Ou tout au moins, un rassemblement dans des proportions étonnantes », dit Megan, marcheuse d'eau. « C'est une épidémie », dit Richard. « Un fléau », dit Dana. « Le seul mot qui me vienne à l'esprit à la minute, dit Mark, brasse, ligne trois, c'est: "Au secours !" »

Ne devrions-nous pas agir ? nous interrogeons-nous. Frapper dans nos mains ? Taper des pieds ? Allumer une bougie ? Signer une pétition ? Appeler le maire ? La cheffe de la police ? Le directeur du plan d'urgence en personne ? *Allô, Floyd ?* Ou avons-nous perdu un temps précieux à atermoyer ? demande Liane, avocate experte en matière de propriété intellectuelle, ligne deux. « Vous savez très bien que ces gens-là ne répondent jamais au téléphone ! » « Est-ce que les autorités se seraient trompées dans leur analyse de données ? » demande Sidney, brasse indienne. « D'ailleurs ces prétendus experts existent-ils vraiment ? » interroge Alex, un nouvel adhérent. (« Et nous, existons-nous vraiment ? » demande Gwen, spécialiste de métaphysique.) « C'est quand même étrange, des ingénieurs qui travaillent seulement la nuit », ajoute Seung-ha, crawl. « Essayons juste de prendre du bon temps », dit Alice.

Quatre fissures, une piscine : l'inspecteur nous informe qu'il s'agit « plus d'une multiplication que d'un cluster ». « Dans l'ensemble, ça n'a aucune importance. » « Au-dessous des radars. » « Aberration statistique dans le champ normal de probabilités. » *Pur hasard.* Mais la semaine suivante, trois nouvelles fissures apparaissent en succession rapide au milieu des lignes six et sept, et l'experte notoire spécialisée dans l'étude du stress, Dr Denise Kovats de la Division des contre-mesures liées aux risques structurels admet que : « Il se passe peut-être quelque chose. » Et lorsqu'on découvre notre première « fissure verticale », en fin d'après-midi, juste avant la fermeture, près du fond, sur le mur de la ligne deux dans le petit bain, les inspecteurs déclarent qu'il y a une chance sur six virgule trois millions pour que cette fissure soit un événement indépendant sans lien avec les autres. En fait, ils sont à peu près sûrs qu'elle est là « pour une bonne raison ». Mais, affirment-ils toujours, la situation est gérable. *Nous surveillons les choses vingt-quatre heures sur vingt-quatre.* Aucune fuite n'a été détectée, aucune déficience structurelle répertoriée, et pour l'instant, aucune action immédiate n'est envisagée. *On est au taquet.*

Le lendemain, il n'y a pas foule dans la piscine, les douches sont moins embrumées, les vestiaires moins bruyants. « Je ne dirais pas que j'ai peur, mais je suis en permanence dans un état de panique à bas bruit », dit Tim, un ancien qui vient là depuis trente ans. « Il se passe vraiment quelque chose d'horrible sur cette Terre », dit Charlotte, ligne six. Felice, dos, d'un calme olympien, envisage de faire dire une messe supplémentaire ce week-end, « au cas où ». « Au cas où quoi ? » demande Alice. Audrey, brasse indienne, déclare qu'une source fiable dans l'entourage de la direction (Pam, la meilleure amie de l'épouse du directeur de la piscine), tenue au courant jour après jour, si ce n'est heure par heure, lui a confié officieusement que le cluster est en réalité « pire qu'ils ne le disent ». *La piscine risque à tout moment de dysfonctionner.* Un autre affirme que, d'après une source tout aussi fiable dont il préfère ne pas divulguer l'identité par discrétion, (« Appelons-la X »), le cluster est une « mise en scène » totalement fabriquée pour semer la terreur et la panique dans nos rangs. « C'est un test », déclare-t-il. Circulent également des rumeurs de permis qui n'auraient pas dû être accordés, de réparations mal ficelées, de faux certificats d'inspection, d'avertissements ignorés, d'experts endormis, d'hydrologues shootés à la caféine, d'audits sous-payés, d'une visite un peu trop amicale d'une lobbyiste très élégante (« Cherie ») de l'Institut du chlore, et quelque part, tout là-haut, dans une minuscule pièce mal aérée, bien des étages au-dessus de nous, d'un trio de statisticiens ivres qui passent leur temps à calculer des chiffres jusque tard dans la nuit. *Et si on décidait que le stade supérieur, c'est le stade... cinq !*

Pendant un mois, les fissures ne s'étendent ni ne diminuent mais demeurent telles quelles, versant vers un classique « circuit d'attente » inoffensif, ce qui d'après Cynthia Greeley, experte en cheffe des dégradations de l'environnement auprès de l'Institut de géologie et de géophysique, pourrait s'avérer tout à fait durable sur le long terme. « Le temps est avec nous. » Mais à peine nous sommes-nous bercés de l'illusion que le cluster est arrivé à son terme et ne bougera plus – *C'est fini !* – que plusieurs nouvelles fissures apparaissent dans le grand bain. Certaines sont plus larges que les précédentes, plus sombres en leur milieu, aux bords moins uniformes, alors que d'autres ont l'air étrangement gonflées (mais bon, nous rappelons-nous, tout cela se déroule sous l'eau !). Quelques-unes – un quatuor fleurit tranquillement dans l'ombre du plongeoir au milieu de la ligne six (« Un cluster dans le cluster », commente Stan pour faire le malin) – ont l'air désordonnées, mal ficelées, un peu dérangées, d'aucuns pourraient même dire un peu folles. Elles sont toutefois « loin de se tortiller ». Et bien que beaucoup d'entre nous craignent d'avoir affaire à une « seconde génération » de fissures, plus vigoureuses, plus agressives, dotées d'une capacité infinie à s'étendre et prospérer, les experts nous apprennent que contrairement aux apparences – « Ne vous laissez pas berner par une vitalité illusoire », nous met en garde Clifford Hwang, ingénieur spécialiste des erreurs en mécanique des fluides – ces nouvelles fissures sont totalement inertes et peuvent demeurer ainsi jusqu'à ce que la piscine ait fait son temps, sans jamais nous causer le moindre mal.

Dans nos vies réelles, là-haut sur la terre ferme, nous sommes plus soucieux que de coutume. Nous mettons nos clés n'importe où. Oublions de payer nos factures. Nous sommes incapables de nous rappeler nos mots de passe. Négligeons de nous coiffer. Nous sommes en retard au bureau. Nous ne parvenons pas à nous concentrer pour travailler. Parfois, au beau milieu d'une conversation, nous nous levons et nous partons.

Il faut que j'aille vérifier mes stocks. Nos évaluations en souffrent. Notre degré d'approbation baisse. Nos amis commencent à nous éviter. Nos conjoints nous accusent – à juste titre – d'être distraits, absents. « Tu as rencontré quelqu'un ? » nous demandent-ils. Ou bien ils nous disent « cesse de ressasser », et nous intiment d'aller faire un tour. *Va donc nager pour oublier tout ça !* Et à trois heures du matin, tandis qu'ils dorment paisiblement à nos côtés, nous nous réveillons en sueur, les joues en feu, mâchoires serrées, cœur battant, et nous nous demandons : Combien de longueurs me reste-t-il encore ? Une centaine ? Un millier ? Six ? Quatre-vingt-quatorze ? Y a-t-il quelqu'un, quelque part, qui puisse nous apporter un début de réponse ?

D'abord on nous annonce que la fermeture annuelle d'août sera étendue de dix jours à deux semaines afin qu'on puisse vider la piscine et examiner de près ces fissures. Nous poussons un soupir de soulagement. *Tout est sous contrôle.* Ensuite, on nous annonce que la piscine sera fermée trois semaines et non deux afin de pouvoir remplacer les haut-parleurs subaquatiques et procéder à d'autres réparations. Alors nous pensons : *D'accord, d'accord, il s'agit juste de quelques petits ajustements.* (Mais quelque part au fond de notre tête : Quoi ? Des haut-parleurs subaquatiques ?) Ensuite, on apprend que la piscine ne rouvrira pas avant le 1er septembre, afin que les lignes de fond puissent être repeintes, et de nouvelles bouches d'évacuation installées. Dès lors nous nous demandons : y a-t-il quelque chose qu'on ne nous dit pas ? Enfin une petite note manuscrite est affichée, un matin de bonne heure, sur le panneau, sous l'horloge, pour nous informer que les résultats des examens seront annoncés lors d'une réunion d'urgence « municipale » sur les gradins, demain après-midi à quatorze heures quinze. Il n'est pas obligatoire d'y assister, mais c'est « fortement conseillé » à tous les usagers de la piscine.

« ... après avoir éliminé toutes les théories humainement imaginables, achève le directeur, les inspecteurs ont conclu qu'on ne connaîtra peut-être jamais la raison de ces fissures. » « L'explication la plus plausible ? » fait la cheffe de l'équipe d'investigation. Puis elle secoue la tête : « On est à court d'idées. » Le spécialiste des bâtiments souterrains et conseiller auprès du comité de sécurité publique, Chris Sheirer, nous conseille d'« accepter ce mystère » et de passer à autre chose. « Car il y a des phénomènes en ce bas monde qui ne s'expliquent pas. » « Pour résumer, on n'en sait pas plus », nous dit le directeur. Les fissures peuvent très bien disparaître demain, ou continuer à se multiplier insidieusement sous la surface, avec des zones de croissance côté est, en direction du bureau de poste, et côté sud-ouest, le long de la bordure supérieure de la pelouse manucurée, devant la maison des Van Aarsdal, ou encore se développer si lentement que cela n'aura aucune conséquence fâcheuse. Mais comme il n'existe aucun moyen de prédire avec certitude laquelle de ces voies peut prendre un cluster d'origine inconnue, parmi toutes les mesures de prévention, la direction de la piscine a décidé d'envisager le pire : une progression régulière, voire exponentielle, menant à un effondrement final catastrophique. « Aussi, pour la sécurité des nageurs et du personnel, à partir du dernier dimanche d'août à quinze heures, la piscine sera définitivement fermée. Au revoir et merci », nous dit l'administrateur de la piscine. Et en un claquement de doigts, tout est plié.

« C'est un cauchemar », dit l'une. « Un désastre », dit l'autre. Linda grimpe en haut des gradins et se met à pleurer en silence. « Je croyais qu'on pourrait rester là en bas pour toujours », dit Rose. « C'est peut-être ce qui s'est passé », dit l'Autre Rose. Clarence, qui en temps normal respecte les règles, plonge sans retirer son pansement au genou gauche et, quand il refait surface un peu plus loin, déclare : « J'aurais préféré ne jamais apprendre à nager. » Même le surveillant de baignade a l'air affecté. « Il a perdu son boulot », dit quelqu'un. Dans le couloir lent, Thaddeus, quatre-vingt-neuf ans demain et toujours bon nageur, sourit aux anges en insérant ses bouchons d'oreilles pour la dix millième fois. « Tout est passé si vite », dit-il. Son compagnon de ligne, Murray, demande : « Où sont mes médocs ? » Ligne deux, Irene, brasse indienne, tire doucement sur le bas de son maillot et regarde ses pieds. « J'étais si heureuse dans ma ligne », dit-elle. « Moi aussi », dit Alice.

D'autres parmi nous se sentent étrangement soulagés. La catastrophe que nous attendions est enfin arrivée.

Un poids nous est enlevé. Une ombre est passée. L'incertitude n'est plus de mise. Ça y est. C'est terminé. *Fini de rire.* Et maintenant il faut aller de l'avant.

Là-haut, la vie continue. Les enfants hurlent dans les parcs, les jeunes traînent dans les cafés où ils boivent leur expresso en souriant bêtement à leurs téléphones, de vieux messieurs patiemment accompagnés, le regard vissé sur l'horizon, poussent leur déambulateur vert tennis, pouce par pouce, sur les trottoirs ombragés. «*J'arrive!*». Chaque fois que nous tombons sur une connaissance, nous nous sentons exposés, anxieux, comme si nous recélions un terrible secret, mais nul ne semble remarquer que quelque chose ne va pas. «Salut, inconnue!» disent-elles, ou bien «Comment ça va?». Quand soudain nous nous retrouvons à discuter de nouveaux parkings, du prix de l'immobilier, de notre dernier dilemme en date concernant la redécoration de notre maison, et tout ça nous semble un peu bizarre et artificiel.

Août débute tel un lent rêve où tout se brise. La chaleur monte des trottoirs poussiéreux. Les pelouses cuisent. Les arbres ploient. Les fleurs perdent leur odeur. La camionnette solitaire du marchand de glaces, illégalement garée en double file près de l'entrée de l'école dont la cour reste ouverte, diffuse sa petite musique à vous rendre fou. Mais là en bas, à la piscine, nous nous jetons dans l'eau fraîche d'un bleu transparent et nous allons de l'avant. Enid, brasse, nage ses longueurs, placide, la tête relevée, à croire qu'elle n'a pas le moindre souci au monde. *Pousser, pousser, glisser, pousser, pousser, glisser.* Jim, l'aquajogger, court comme un fou pendant cinq minutes puis s'arrête un moment pour admirer sa brioche qui s'affine. « Eh, mec, regarde ça ! » Claude perd une boucle d'oreille. Donald se cogne l'orteil. Un nageur qui ne regarde pas manque donner un coup à Suzette au passage dans sa ligne, mais pour une fois elle ne se met pas en colère. *Laisse tomber.*

À présent, nous sommes plus attentionnés, plus tolérants. En un mot, moins coincés. *La nouvelle gentillesse*, nous l'appelons. Les frontières fondent. Les rivalités au sein des lignes s'évaporent. Les rancunes sont oubliées. *Elle a débranché mon sèche-cheveux un jour dans les vestiaires ? Et après ?* Les faux-semblants tombent. Ceux qui auparavant doublaient pour passer à tout prix devant les autres, sans égards pour eux, à présent vous tapent sur le pied pour vous prévenir, comme tout le monde. « Ce qui compte, ce n'est pas toujours de gagner », dit Bruce, second crawleur le plus rapide. Ceux qui vous attrapaient par la cheville n'essaient même plus. Ceux qui vous collaient au train ne s'accrochent plus à vos basques. Les brutes rentrent dans le rang. Les lents et les rapides qui n'avaient jamais grand-chose à se dire à présent échangent des plaisanteries en se séchant sur le bord après avoir nagé. *Où avez-vous trouvé ce bonnet ?* Même notre lointaine championne olympique rompt le silence et donne de temps à autre de petits conseils : *Votre jambe droite doit être plus souple !* Parce qu'à présent, nous sommes tous égaux devant l'issue commune.

C'est notre nouvelle réalité, nous disons-nous. Et : *On va surmonter tout ça*. Et – Lilian, nage du petit chien, ligne trois – *Dieu œuvre pour le bien en toute chose*. Et puis, quelques instants plus tard, nous pensons : *Ma vie est foutue*. Ou nous sortons de l'eau avant d'avoir terminé nos longueurs parce que c'est vrai, à quoi bon continuer quand il ne vous reste plus que deux semaines. « Tous ces comptes, ces battements, tout ça pour quoi ? » demande Kate, ligne sept, d'habitude si optimiste. Trudy, aquajoggeuse, défait sa ceinture de flotteurs et déclare : « Le cœur n'y est plus. » Mais nous autres continuons à nager avec détermination.

De temps à autre, l'un d'entre nous tombe sur les premiers qui ont renoncé, là-haut – au rayon des laitages chez Vons, en sortant de chez le barbier, en faisant la queue à la boulangerie *Au Délice** où nous attendons la dernière fournée de pain de campagne artisanal –, et le message est toujours le même : *Ce n'est pas si dramatique*. Howard, vingt ans de présence (constitution chétive pour la moitié supérieure du corps, mais une puissance explosive dans les jambes), qui nous a laissés tomber dès le premier jour, dit qu'à l'exception de se retirer des marchés juste avant le dernier krach, abandonner la piscine est la meilleure décision qu'il ait jamais prise. « Tout ce que je faisais, c'était tourner en rond. » Anika, crawl, ligne quatre (palmes courtes jaunes, tendue, mouvement peu efficace), qui nous a quittés trois jours après Howard, dit qu'au lieu de nager trois fois par semaine, à présent elle fait du tai-chi tous les matins avec les vieux Chinois dans le parc. « Je ne me suis jamais sentie aussi sereine. » Leslie, dos impeccable (pince à nez, membres hyperlaxes, compte ses longueurs), dit que trois semaines après avoir quitté la piscine, elle avait même oublié qu'elle l'avait jamais fréquentée. « C'est comme s'il ne s'était rien passé. » L'ancien fondu de natation, Brian (trois ans, cinq collisions, dont quatre de sa faute), hausse les épaules et déclare : « Sincèrement ? Je n'ai jamais regardé en arrière. *Aucun regret.* »

Plusieurs d'entre nous font de brèves tentatives dans d'autres bassins situés au niveau du sol, « juste pour voir ». *Un galop d'essai.* Clara achète un passe pour la journée à l'hôtel Peninsular, mais nous rapporte que la piscine est tellement petite qu'après avoir plongé et enchaîné trois mouvements, il faut déjà faire demi-tour. Janet essaie de braver les eaux houleuses de la piscine municipale du centre-ville (*C'est carrément antédiluvien dans les lignes !*). Jason va à la plage (*trop salée*). Brenda plonge un orteil hésitant dans la piscine de l'association YMCA *(On se croirait dans une baignoire !)*. Barbara utilise son passe gratuit chez Omega Fitness qui possède une piscine avec huit lignes, identique en longueur et en largeur à la nôtre, mais conclut : « Ce n'est pas pareil » (*palmiers en pot, chaises longues*). Un seul parmi nous – Charles, qui en cet instant fend l'eau tel le nageur de compétition qu'il était au lycée (il a été capitaine de l'équipe de natation à Northwood Senior High) – a trouvé un arrangement correct dans sa vie là-haut : la piscine sur le toit de l'immeuble où habite Eliot, son nouveau petit ami, à l'angle d'Ocean et de la 4e Rue (*palmiers en pot, chaises longues*).

Jusqu'à la dernière semaine, quelques-uns parmi nous continuent d'entretenir l'espoir que nous serons sauvés. « Quand même, il doit bien y avoir quelqu'un, là-haut, qui puisse intervenir en notre faveur ! » dit Tony, habitué du matin. « La femme du directeur de la piscine », dit l'une. « Ou Pam ! » dit l'autre. « Peut-être qu'on aura droit à une prolongation », dit Ella. « Ou à une suspension de la sanction », renchérit Daniel, dos, ligne trois. « J'aimerais qu'on reçoive une petite bénédiction, simplement pour être sûr que quelqu'un là-haut se soucie vraiment de nous », ajoute Patrick, son compagnon de ligne. « Là-haut, tout le monde s'en fout ! » déclare Fran, statisticien dans une compagnie d'assurances. D'autres commencent à se lancer dans de petits marchandages intimes. *Si je fais soixante-quatre longueurs en moins de vingt-huit minutes, alors on nous accordera un mois supplémentaire. Si je ne bois pas pendant trois jours d'affilée, ça ne fermera pas du tout.* Et plusieurs d'entre nous – *refuzniks* entêtés jusqu'à la moelle – pensent tout simplement : Non. Ça ne peut pas nous arriver. Parce que c'est le genre de choses qui n'arrivent qu'aux autres piscines, non ? Ne nous avait-on pas promis – est-ce qu'ils ne nous l'ont pas toujours dit, ne l'ont-ils pas juré ? – qu'ici, c'était un endroit spécial ? Différent ? Immunisé ? *Exempt* ? Ou bien est-ce juste – le nouveau frère bouddhiste Ryojo (Josh, pour nous), ligne six – « le destin » ? Ou, encore plus bête – Min-hee, oncologue pédiatrique, ligne sept –, un coup de malchance pure et simple ? Meredith, dont les enfants viennent de quitter la maison, remonte ses lunettes sur son front, façon aviatrice, et déclare : « Tout est perdu. »

Quelques-uns, des exceptions, insistent sur le fait que la fermeture de la piscine n'est pas forcément une mauvaise chose. « Ce n'est qu'un début », affirment-ils. Et puis : « C'est une opportunité pour arrêter de traîner en tongs et enfin remonter là-haut pour commencer à vivre "pour de vrai". » *Plus de petit plongeon dans l'eau chaque fois que les choses se corsent un peu.* Nous allons retomber amoureux de nos conjoints (*cette inconnue que vous avez épousée*). Sortir de notre zone de confort. Faire du bénévolat dans un refuge pour les sans-abri. Demander une augmentation. Écrire une lettre de « gratitude » (*Merci maman !*). Améliorer notre équilibre. Notre posture. Notre attitude face à la vie. *C'est décidé, j'arrête de me plaindre !* Nous allons lancer notre propre affaire. *John, consultant.* Finir d'écrire ce deuxième roman. Tenir un journal intime. Organiser un dîner. Avoir une révélation. Devenir sociable. Apprendre à connaître nos voisins. *Vous avez besoin d'un peu de sucre ?* Nous souvenir, pour une fois, de lever la tête pour regarder le ciel. Parce que la vie ne se résume pas à la contemplation de cette petite ligne noire.

Tandis que l'été tire de plus en plus à sa fin, nous nous résignons de plus en plus à notre sort. *Tout est fini.*

Les gens s'attardent un peu avant de sortir de l'eau, même s'ils savent très bien qu'ils contreviennent à la règle – *On ne traîne pas dans les lignes après avoir nagé !* « Et qu'est-ce qu'ils vont faire, nous jeter dehors ? » demande Marlene. Roger oublie la douche obligatoire avant d'entrer dans l'eau. Dorothy, de mettre son bonnet de bain. Ian pousse violemment la porte sur laquelle il est inscrit RÉSERVÉ AU PERSONNEL : «J'ai toujours eu envie de le faire.» (Il ne se passe rien.) Eric écrit ses initiales sur la main rouge de l'affiche de prévention contre le vol dans l'escalier, juste comme ça – et pourquoi pas ? Esteban, son rival de ligne, l'imite. *J'y étais aussi !* Belinda adresse un signe de tête au surveillant de baignade et – une première ! (« Vous avez vu ça ?! ») – le surveillant de baignade lui répond. Kevin rassemble son courage pour parler à sa compagne de nage dans la ligne trois, Abigail, dont il est secrètement amoureux depuis dix ans. «Jolies lunettes», dit-il. Et Abigail, qui soupire après la lointaine Daria, ligne huit (*On ne joue pas dans la même cour*), lui sourit et répond gentiment : « Merci. » Everett propose qu'on se retrouve tous. Hershel suggère un pique-nique au parc, même si nous ne sommes pas vraiment du genre à pique-niquer. «Je supporte pas ça», dit Jennifer. Nolan répond que « les pique-niques en soi » ne le dérangent pas, mais qu'il est allergique aux abeilles. « Et puis, est-ce qu'on a vraiment envie de se voir les uns les autres tout habillés ? » demande Emily. « Bien sûr que oui ! » répond Alice.

Parfois, au milieu de la nuit, allongés dans nos lits, nous tentons d'imaginer la piscine sans nous. La chaise du surveillant de baignade se dressant devant les gradins. Le tableau des scores sans scores. La puissante odeur de chlore dans l'air épais d'humidité que plus personne ne respire. La longue épuisette, appuyée contre un mur dans un coin, qui rêve secrètement d'attraper de meilleures proies – une feuille morte, un papillon, un crocodile, un petit oiseau brun, quelque chose, n'importe quoi, en dehors des habituels bracelets de plastique et écheveaux de cheveux. Les deux plongeoirs, fermement arrimés au sol, immobiles au bout du grand bain, ne tremblent plus. Les petites bouées jaunes alignées sur les cordes piaffent d'impatience de s'amuser après le boulot. *C'est la fête!* Les cordes, mal tendues: *Nous sommes si fatiguées.* Le doux ronron de la pompe électrique récemment mise en service. *Vrrrrr...* Les quatre aiguilles frénétiques de l'horloge compte-secondes qui tournent sans cesse, avançant mécaniquement dans le noir. La surface de l'eau, plate comme du verre, rectangle bleu serein flottant au-dessus du fond fissuré de notre monde. Ensuite, nous allons fermer les yeux et sombrer dans le sommeil, et au matin, à notre réveil, pendant un merveilleux instant, nous oublierons que dans cinq jours, dans trois jours, dans deux jours, demain – notre univers touche à sa fin. Alors nous le verrons: un filament, un battement, un flash à la lisière de notre rétine, qui s'imprime à peine en tant que marqueur de parcours. Et nous avons beau essayer de replonger en sécurité dans le sommeil, il est trop tard.

Le soleil filtre à travers les rideaux, le réveil sonne, le camion-poubelle plein de fracas vrombit du mauvais côté de la rue. Nous sommes réveillés.

Le surveillant de baignade siffle – trois petits coups suivis d'un long – puis il crie les mots familiers : « Tout le monde sort ! »

L'une de nous retire ses lunettes et jette un regard en plissant les yeux à la pendule pour être bien sûre qu'il est l'heure (en effet). L'un nage jusqu'à l'échelle, dans l'angle, et dit : « Mais enfin, pourquoi faut-il qu'il fasse ça ! » Deux autres s'écrient : « Non ! » Une autre encore s'accroche au bord carrelé de la piscine, essoufflée, hors d'haleine. « J'ai le cœur brisé », dit-elle. Un autre ne parvient pas à retrouver ses lunettes de vue. « Vous avez déjà éprouvé ce sentiment persistant d'avoir gâché votre vie ? » demande l'une. Plusieurs d'entre nous restent muets. Beaucoup – la plupart – ne sont même pas là. Soit parce que nous ne nageons pas le week-end, soit parce que nous venons quand même à la piscine, mais de bonne heure le matin, avant la presse de la mi-journée. Plusieurs devraient être normalement là, à quinze heures, un dimanche après-midi, seulement à la dernière minute une affaire pressante les a retenus : un parent malade, une terrible migraine, une visite de maison à ne pas manquer. « Je crois que c'est la bonne ! » L'un, « pas du tout sentimental », n'aime pas les adieux. Une autre souffre d'une tendinite de la coiffe des rotateurs et n'est pas venue depuis deux semaines, pourtant ce jour-là elle met un point d'honneur à être présente car c'est là qu'elle est vraiment chez elle. *Là-haut, je ne fais que passer pour moi-même.* L'un d'entre nous est là mais préférerait être ailleurs. « Ça me semble déjà être le passé. » L'une des nôtres est toujours à son brunch. Une autre encore continue à faire ses allers-retours dans sa ligne alors que tout le monde est sorti, et lorsque nous l'appelons par son prénom – « Alice, il est temps de sortir ! » – le surveillant de baignade lève une main et dit tranquillement : « Encore une longueur. »

Après cette dernière longueur, elle prend une douche chaude prolongée dans les vestiaires, se rhabille, puis elle remonte les escaliers et sort, clignant les yeux, étourdie, dans le monde du dessus plein de lumière aveuglante.

DIEM PERDIDI

Elle se rappelle son nom. Elle se rappelle le nom du président. Le nom du chien du président. Elle se rappelle dans quelle ville elle vit. Dans quelle rue elle vit. Dans quelle maison. *Celle avec le gros olivier, dans le tournant.* Elle se rappelle en quelle année on est. En quelle saison. Elle se rappelle le jour de ta naissance. La petite fille qu'elle a eue avant toi – *Elle avait le nez de ton père, c'est la première chose que j'ai remarquée chez elle* – mais elle ne se souvient pas de son nom. Elle se souvient du nom de l'homme qu'elle n'a pas épousé – Frank –, elle conserve ses lettres dans un tiroir près de son chevet. Elle se souvient que tu as été mariée naguère, mais elle refuse de se rappeler le nom de ton ex-mari. *Ce type*, elle l'appelle.

Elle a oublié comment elle s'est fait ces bleus sur les bras, et puis qu'elle est allée se promener avec toi un peu plus tôt dans la matinée. Elle a oublié qu'au cours de cette promenade, elle s'est penchée pour cueillir une fleur dans le jardin du voisin, et qu'elle l'a accrochée dans ses cheveux. *Peut-être que ton père voudra m'embrasser maintenant*. Elle a oublié ce qu'elle a mangé hier soir au dîner, et quand elle a pris ses médicaments la dernière fois. Elle oublie qu'il faut boire davantage. Elle oublie de se coiffer.

Elle se souvient des kakis desséchés qui autrefois pendaient le long des corniches de la maison de sa mère à Berkeley. *Ils étaient d'un orange extraordinaire.* Elle se souvient que ton père aime les pêches. Que tous les dimanches matin, à dix heures, il l'emmène faire un tour en bord de mer dans la voiture marron. Que chaque soir, juste avant le journal de vingt heures, il dépose deux biscuits chinois sur une assiette et lui annonce que c'est la fête ce soir. Elle sait que chaque lundi il rentre à seize heures de l'université, et si jamais il a cinq minutes de retard, elle sort l'attendre devant le portail. Elle sait où est sa chambre à elle, où est sa chambre à lui. Que celle qui est désormais la sienne était auparavant la tienne. Elle sait qu'il n'en a pas toujours été ainsi.

Elle se rappelle le début de la chanson *How High the Moon*. Le serment d'allégeance. Elle se rappelle son numéro de Sécurité sociale. Le numéro de téléphone de Jean, sa meilleure amie, même si elle est morte depuis six ans. Elle se rappelle que Margaret est morte. Que Betty est morte. Que Grace ne téléphone plus. Elle se rappelle que sa mère à elle est morte il y a quatre ans, en regardant les oiseaux par la fenêtre, et qu'elle lui manque de plus en plus chaque jour. Ça ne s'atténue pas. Elle se souvient du numéro attribué par le gouvernement à sa famille au début de la guerre. *13611.* Qu'elle a été envoyée dans le désert avec sa mère et son frère au cours du cinquième mois de la guerre, et qu'elle a pris le train pour la première fois. Elle se souvient du jour où ils sont rentrés. *Le 9 septembre 1945.* Elle se souvient du bruit du vent, qui sifflait à travers les buissons d'armoise. Des scorpions et des fourmis rouges. Elle se souvient du goût de la poussière.

Quand tu viens la voir, jamais elle n'oublie de te serrer fort contre elle, et sa vigueur te surprend toujours. Jamais non plus elle n'oublie de t'embrasser lorsque tu t'en vas. Ni de te répéter, à la fin de chaque conversation téléphonique, que le FBI viendra bientôt te rendre visite. Ni de te demander si tu veux qu'elle repasse ton chemisier avant un rendez-vous galant. Ni de lisser les plis de ta jupe. *Ne montre pas tout tout de suite.* Elle n'oublie pas de ramener sur le côté ta mèche rebelle. Mais elle oublie qu'elle a déjeuné avec toi il y a vingt minutes et te propose d'aller manger un sandwich et une tarte chez Marie Callender. Elle ne se rappelle plus que naguère elle confectionnait les plus belles tartes, avec une croûte crénelée parfaite. Elle ne se rappelle plus comment repasser ton chemisier, ni à quel moment elle a commencé à oublier. *Quelque chose a changé.* Elle ne se rappelle plus ce qu'elle doit faire ensuite.

Elle se souvient que la petite fille qui est née avant toi a vécu une demi-heure, puis qu'elle est morte. *Elle avait l'air parfaite de l'extérieur.* Elle se souvient que sa mère lui a dit plus d'une fois: *Ne laisse jamais personne te voir pleurer.* Elle se souvient qu'elle t'a donné ton premier bain trois jours après ta venue au monde. Que tu étais un très gros bébé. Que ton premier mot fut « Non ». Elle se rappelle avoir ramassé des pommes sous la pluie dans un verger avec Frank il y a des années. *C'était le plus beau jour de ma vie.* Elle se rappelle que le jour où elle l'a rencontré, elle était tellement nerveuse qu'elle en a oublié sa propre adresse. Elle se rappelle qu'elle avait mis trop de rouge à lèvres. Qu'elle n'en a pas dormi pendant des jours.

Quand elle passe en voiture près du club de natation, elle se souvient du jour où le surveillant de baignade l'a jetée dehors, au bout de trente-cinq ans. *Je ne me rappelais plus les règles.* Elle se souvient qu'elle s'échauffait en faisant dix moulinets des bras sur le bord avant de plonger. Qu'elle n'avait pratiquement pas besoin de reprendre sa respiration sur la première longueur. Elle oublie comment marche la « nouvelle » cafetière, achetée il y a trois ans, car c'était après qu'elle eut commencé à oublier. Elle oublie qu'elle a demandé il y a dix minutes à ton père si c'est dimanche aujourd'hui, ou si c'est l'heure de sa promenade. Elle ne sait plus ce qu'elle a fait de son pull, ni depuis combien de temps elle est assise dans son fauteuil. Parfois elle ne sait plus comment se lever de ce fauteuil, alors tu appuies légèrement sur le repose-pieds et tu lui tends la main, qu'elle oublie aussi de prendre. *Laisse-moi,* dit-elle quelques fois.

Certains jours, elle dit seulement : *Je suis coincée.* Elle ne se rappelle plus qu'elle t'a dit, l'autre soir, juste après que ton père a quitté la pièce : *Il m'aime plus que je ne l'aime.* Elle ne se rappelle plus qu'elle t'a dit, quelques instants plus tard : *J'ai tellement hâte qu'il revienne.*

Elle se souvient que quand ton père lui faisait la cour, il était toujours ponctuel. Elle se souvient d'avoir pensé qu'il avait un joli sourire. *Il l'a toujours.* Qu'à leur rencontre, il était fiancé à une autre. Que cette femme était blanche. Que ses parents ne voulaient pas que leur fille épouse un homme qui ressemblait au jardinier. Elle se souvient qu'à l'époque les hivers étaient plus froids, que certains jours il fallait même mettre un manteau et une écharpe. Elle se rappelle que chaque matin sa mère inclinait la tête devant l'autel et offrait aux ancêtres un bol de riz chaud. Elle se rappelle l'odeur de l'encens et du chou saumuré dans la cuisine. Que son père portait toujours de belles chaussures. Elle se rappelle que la nuit où le FBI est venu le chercher, il s'était violemment querellé avec sa mère. Elle se rappelle qu'elle ne l'a pas revu avant la fin de la guerre.

Elle oublie parfois de se couper les ongles de pied, et lorsque tu verses sur ses orteils l'eau chaude dans la bassine, elle ferme les yeux, s'enfonce dans son fauteuil et cherche ta main. *Ne désespère pas de moi.* Elle oublie comment lacer ses souliers, ou agrafer son soutien-gorge. Elle oublie qu'elle porte son chemisier bleu, son préféré, depuis cinq jours. Elle oublie ton âge. *Attends un peu d'avoir des enfants à ton tour,* te dit-elle, bien que tu sois à présent trop vieille pour avoir des enfants.

Elle se rappelle qu'après la naissance et la mort de sa première fille, elle restait assise dans le jardin des jours entiers, à regarder les roses près de l'étang. *Je ne savais pas quoi faire d'autre.* Elle se rappelle qu'à la naissance, toi aussi tu avais le long nez de ton père. *C'est comme si j'avais donné deux fois le jour à la même petite fille.* Elle se rappelle que tu es Taureau. Que la pierre associée à ce mois est verte. Elle n'oublie pas de te lire ton horoscope dans le journal chaque fois que tu viens la voir. *Quelqu'un dont vous étiez autrefois très proche pourrait bientôt réapparaître dans votre vie.* Elle oublie qu'elle t'a lu cet horoscope il y a cinq minutes, et que tu l'as emmenée chez le médecin la semaine dernière après avoir découvert qu'elle avait une bosse derrière la tête. *Je crois que je suis tombée.* Elle oublie qu'elle a dit au docteur que tu étais divorcée, qu'elle lui a donné ton numéro de téléphone en lui demandant de t'appeler. Qu'au moment où il a quitté la pièce, elle s'est penchée vers toi pour te murmurer à l'oreille : *Je crois qu'il te conviendra.*

Elle se souvient qu'un autre médecin lui a demandé, il y a cinquante ans, quelques minutes après la naissance et la mort de sa première fille, si elle voulait donner le corps du bébé à la science. *Il a dit qu'elle avait un cœur très particulier.* Elle se souvient que l'accouchement avait duré trente-deux heures. Qu'elle était trop fatiguée pour réfléchir. *Alors j'ai dit oui.* Elle se souvient d'être rentrée de l'hôpital dans la Chevrolet bleu ciel avec ton père et qu'aucun d'eux ne disait mot. Elle comprenait qu'elle avait commis une grosse erreur. Elle ne sait plus ce qu'est devenu le corps du bébé, elle craint qu'il n'ait fini dans un bocal. Elle ne sait plus pourquoi ils ne l'ont pas tout simplement enterrée. *J'aimerais qu'elle soit ensevelie au pied d'un arbre.* Elle se souvient que tous les jours elle avait envie de lui porter des fleurs.

Elle se rappelle que même très jeune, tu ne voulais pas avoir d'enfant. Que tu détestais porter des robes. Que tu ne jouais jamais à la poupée. Elle se rappelle que le jour où tu as eu tes règles, à treize ans, tu portais un pantalon jaune vif. Que ton chien, enfant, s'appelait Shiro. Que tu as eu un chat baptisé Gasoil. Que tu avais deux tortues nommées Tortue. Que la première fois où elle et ton père t'ont emmenée au Japon voir sa famille à lui, tu avais juste dix-huit mois et que tu commençais à peine à parler. Elle se rappelle t'avoir confiée à la mère de ton père, dans ce minuscule village de vers à soie dans les montagnes, quand elle et lui sont partis pendant dix jours explorer l'île. *Tout le temps je me suis fait du souci pour toi.* Elle se rappelle qu'à leur retour tu ne savais plus qui elle était et que pendant bien des jours tu as refusé de lui parler, tu te contentais de chuchoter à son oreille.

Elle se souvient qu'à cinq ans tu ne quittais jamais la maison sans avoir tapé trois fois sur les montants de la porte. Que tu avais l'habitude de claquer des dents de manière répétitive, ce qui la rendait folle. Que tu ne supportais pas que des aliments de couleurs différentes se touchent dans ton assiette. *Tout devait être à sa place.* Elle se souvient d'avoir essayé de t'apprendre à lire avant que tu ne sois prête. De t'avoir emmenée chez Newberry pour choisir du tissu et un patron afin de t'enseigner la couture. Que chaque soir, après le dîner, tu t'asseyais près d'elle à la table de la cuisine pour lui donner les épingles qu'elle fixait l'une après l'autre dans ses bigoudis. Elle se souvient que c'était le moment de la journée qu'elle préférait. *J'avais tout le temps envie d'être avec toi.*

Elle se rappelle que tu as été conçue dès la première tentative. Que ton frère a été conçu dès la première tentative. Que ton autre frère a été conçu à la seconde tentative. *Nous n'étions pas assez attentifs.* Elle se rappelle qu'une voyante avait lu dans les lignes de sa main qu'elle ne pourrait jamais avoir d'enfants car son utérus était incliné du mauvais côté. Qu'un jour une diseuse de bonne aventure aveugle lui avait dit qu'elle avait été un homme dans une vie antérieure et que Frank était sa sœur. Elle sait que tout ce qu'elle se rappelle n'est pas forcément vrai. Elle se souvient de la charrette tirée par un cheval qui ramassait les ordures sur Ashby, de sa première paire de chaussures à semelles de crêpe, des fleurs éparses sur le bord de la route. Elle se souvient que le son de la voix de Frank l'a toujours aidée à se calmer. Que chaque fois qu'ils se quittaient il se retournait pour la regarder s'éloigner. Que la première fois où il l'a demandée en mariage elle lui a répondu qu'elle n'était pas prête. Que la deuxième fois elle a dit qu'elle voulait d'abord finir ses études. Elle se souvient d'avoir marché au bord de l'eau par un doux soir d'été sur la promenade en planches, elle était si heureuse qu'elle en avait oublié son nom. Elle se souvient qu'elle ignorait alors qu'avec les autres ce ne serait pas comme ça. Qu'elle croyait avoir tout le temps du monde devant elle.

Elle oublie le nom des fleurs qu'elle a plantées dans le jardin il y a trois jours avec toi. *Roses ? Jonquilles ? Immortelles ?* Elle oublie qu'aujourd'hui c'est dimanche et qu'elle a déjà fait sa promenade. Elle oublie de t'appeler même si elle dit toujours qu'elle le fera. Elle sait encore jouer la *Sonate au clair de lune* au piano. Et aussi *Chopsticks*, et faire ses gammes. Elle sait qu'il ne faut pas discuter avec les commerciaux qui appellent au téléphone. *Nous ne sommes pas intéressés.* Elle sait sa grammaire. *Après que tu m'AS appelée.* Ses bonnes manières. Elle dit merci et s'il vous plaît. Elle s'essuie chaque fois qu'elle va aux toilettes. Tire la chasse d'eau. Retourne sa bague de fiançailles quand elle enfile un collant. N'oublie pas de remettre du rouge à lèvres dès qu'elle sort de la maison. Ni d'appliquer sa crème antirides le soir avant de se coucher. Ça agit mieux la nuit. Le matin, à son réveil, elle se souvient de ses rêves. *Je marchais à travers une forêt. Je nageais dans une rivière. Je cherchais Frank dans une ville que je ne connaissais pas et personne ne voulait me dire où il était.*

Le jour d'Halloween, elle pense à te demander si tu vas te déguiser pour aller chercher des bonbons chez les voisins. Elle se souvient que ton père déteste le potiron. *Au Japon, il n'a mangé que ça pendant la guerre.* Qu'au début de leur mariage elle l'écoutait prier tous les soirs, et qu'il demandait à être le premier à mourir. Elle se souvient d'avoir joué aux billes avec son frère sur le sol en terre battue dans le désert, et qu'elle écoutait le couple voisin la nuit, de l'autre côté de la cloison. *Ils faisaient ça tout le temps.* Elle se souvient de cette boîte de chocolats que tu lui avais rapportée de ton voyage de noces à Paris. « Mais est-ce que ça va durer ? » lui avais-tu demandé. Elle se souvient de sa propre mère lui disant : « Dès l'instant où tu tombes amoureuse, tu es perdue. »

Elle se rappelle que quand son père est revenu, après la guerre, ses parents se querellaient encore plus qu'avant. Qu'il passait des journées entières à faire les magasins pour acheter des chaussures à San Francisco, tandis que sa femme récurait les sols chez les autres. Que certains soirs il faisait trois fois le tour du pâté de maisons avant de rentrer. Qu'une nuit il n'est pas rentré du tout. Elle se rappelle qu'au moment où ton mari t'a quittée, il y a six ans, tu venais juste de publier ton premier livre. Que la première fois où elle l'a vu elle a tout de suite pensé qu'il serait pour toi une source de problèmes. *Une mère sait ce genre de choses.* Elle se rappelle qu'elle a gardé cette pensée pour elle. *Je devais te laisser commettre tes propres erreurs.* Elle se rappelle que tu as été couverte d'urticaire pendant des semaines.

Elle se souvient que, parmi ses trois enfants, ta compagnie à toi était la plus agréable. Que ton premier frère était si calme qu'elle oubliait parfois même qu'il était là. *Il était comme un rêve.* Elle se souvient que son frère à elle refusait de porter quoi que ce soit dans le train, à part son transistor. *Il ne voulait pas rater ses émissions préférées.* Que sa mère, la veille du départ, a enterré l'argenterie dans le jardin. Que son instituteur de CM2, Mr Martello, lui avait demandé de se lever devant toute la classe afin que les autres puissent lui dire au revoir. Que la voisine, Elaine Crowley, lui avait donné un pendentif en argent en forme de cœur, et qu'elle avait promis d'écrire mais ne l'a jamais fait. Elle se souvient d'avoir perdu le pendentif dans le train à l'aller, elle était si en colère qu'elle en aurait pleuré. *C'était mon premier bijou.*

Elle se rappelle qu'un mois après que Frank se fut engagé dans l'armée de l'air, il avait soudain cessé de lui écrire. Qu'elle craignait que son avion ait été abattu au-dessus de la Corée, ou qu'il ait été fait prisonnier par les rebelles dans la jungle. Qu'elle pensait à lui à chaque instant de la journée. *J'ai cru perdre l'esprit.* Elle se rappelle qu'un soir une amie lui a appris qu'il était tombé amoureux d'une autre. Que le lendemain elle a demandé à ton père de l'épouser. *« Si on allait chercher les alliances ? » je lui ai dit.* Elle se rappelle avoir déclaré : *Le moment est venu.*

Lorsque tu l'emmènes au supermarché, elle sait dans quelle allée se trouve le café. Que dans l'allée suivante il y a le lait. Elle connaît le nom de la caissière à la caisse rapide qui toujours la serre fort dans ses bras. *Diane.* Celui de la fleuriste qui toujours lui donne une rose à la tige cassée. Elle sait que l'employé du rayon boucherie s'appelle Big Lou. « Eh, salut ma belle ! » lui dit-il. Elle a oublié ce qu'elle a fait de son sac et elle panique, jusqu'au moment où tu lui rappelles qu'elle l'a laissé à la maison. *Je ne me sens pas moi-même sans mon sac.* Elle a oublié qu'elle a demandé à l'homme qui fait la queue derrière elle s'il était marié. Qu'il lui a répondu non avec brusquerie. Qu'elle a dévisagé la vieille dame en fauteuil roulant près des melons en te murmurant à l'oreille : *J'espère que je ne finirai pas comme ça.* Elle se souvient de cet énorme mimosa qui poussait naguère sur le parking, à côté des caddies, et qui n'est plus là. *Rien ne reste tel quel.* Elle se souvient qu'autrefois elle était une excellente nageuse. Qu'à la dernière session elle a raté trois fois d'affilée le test pour pouvoir continuer à conduire. Elle se souvient que, quand son père est parti, sa mère a éparpillé aux quatre coins des pièces des petits tas de sel pour purifier la maison. Elle se souvient qu'ils n'ont plus jamais parlé de lui.

Elle a oublié qu'à son retour de la pharmacie elle a demandé à ton père ce qui l'avait retenu si longtemps, à qui il avait parlé, ou si la pharmacienne était jolie. Elle oublie parfois son nom à lui. Elle se rappelle le jour où elle a eu son diplôme de fin d'études au lycée, avec une mention d'excellence en latin. Elle se rappelle comment on dit : « Je suis venu, j'ai vu, j'ai vaincu. » *Veni, vidi, vici.* Elle se rappelle comment on dit : « J'ai perdu ma journée. » *Diem perdidi.* Et comment on dit « je suis désolée » en japonais, ce que tu ne l'as pas entendue prononcer depuis des années. Elle se rappelle les mots « riz » et « toilette ». Elle se rappelle « attendez ». *Chotto matte kudasai.* Que rêver d'un serpent blanc porte chance. Que ramasser un peigne tombé par terre porte malheur. Elle se rappelle qu'il ne faut jamais courir pour se rendre à un enterrement. Qu'il faut crier la vérité au fond d'un puits.

Elle se souvient d'avoir travaillé, comme sa mère, pour les riches blanches qui habitaient dans les collines. Pour Mrs Tinsdall, qui insistait pour déjeuner avec elle tous les midis dans la cuisine plutôt que de la laisser seule. Pour Mrs Edward de Vries, qui l'a renvoyée au bout d'une journée. *« Mais qui vous a appris à repasser ? » elle m'a demandé.* Elle se souvient que Mrs Cavanaugh ne la laissait pas rentrer chez elle le samedi tant qu'elle n'avait pas préparé une tourte aux pommes. Que le mari de Mrs Cavanaugh, Arthur, aimait poser la main sur son genou. Que parfois il lui donnait de l'argent. Qu'elle n'a jamais refusé. Elle se souvient qu'un jour elle a volé un chandelier d'argent dans un placard, mais elle ne sait plus à qui. Elle sait qu'il n'a jamais manqué à ses propriétaires. Elle sait qu'elle garde la même serviette de table trois jours de suite. Elle sait qu'aujourd'hui c'est dimanche, ce qui six fois sur sept n'est pas vrai.

Quand tu amènes avec toi l'homme qui, tu l'espères, sera ton prochain mari, elle n'oublie pas de le débarrasser de sa veste. De lui proposer un café. De lui offrir du gâteau. De le remercier pour les roses. *Donc, elle vous plaît ?* l'interroge-t-elle. Elle n'oublie pas de lui demander comment il s'appelle. *C'est mon aînée, vous savez.* Elle s'aperçoit, cinq minutes plus tard, qu'elle a déjà oublié son nom, et elle lui repose la question. *C'est le prénom de mon frère,* lui dit-elle. Elle ne sait plus qu'elle a parlé à son frère le matin même au téléphone, et qu'elle s'est promenée avec toi dans le parc. Elle ne sait plus comment préparer le café. Elle ne sait plus comment servir le gâteau.

Elle se souvient qu'elle était assise à côté de son frère dans un train qui traversait le désert, il y a de nombreuses années, et qu'ils se querellaient pour savoir qui s'allongerait sur les sièges. Elle se souvient du sable blanc tout chaud, du vent sur l'eau, d'une voix qui lui disait : *Chut, tout va bien.* Elle se souvient du lieu où elle se trouvait le jour où des hommes ont atterri sur la Lune. Du jour où ils ont appris que le Japon avait perdu la guerre. *C'est la seule fois où j'ai vu ma mère pleurer.* Du jour où elle a appris que Frank en avait épousé une autre. *Je l'ai lu dans le journal.* Elle se rappelle la lettre qu'il lui avait écrite peu après, la suppliant de le voir. *Il disait qu'il avait commis une erreur.* Elle se rappelle avoir accepté de le voir une dernière fois et lui avoir dit, ensuite : « C'est trop tard. » Elle se rappelle avoir épousé ton père par une journée étonnamment douce de décembre. S'être querellée avec lui pour la première fois trois mois plus tard, en mars. *J'ai jeté une chaise.* Elle se rappelle qu'il rentre de l'université à seize heures tous les lundis. Elle se rappelle qu'elle oublie. Elle se rappelle de moins en moins, jour après jour.

Quand tu lui demandes quel est ton nom, elle ne sait plus. *Demande à ton père, il saura, lui.* Elle ne sait plus le nom du président. Elle ne sait plus le nom du chien du président. Elle ne sait plus en quelle saison on est. Elle ne sait plus quel jour on est, en quelle année. Elle se souvient de la petite maison sur San Luis Avenue où elle vivait au début avec ton père. Elle se souvient que sa mère se penchait sur le petit lit qu'elle partageait avec son frère pour les embrasser avant de dormir. Elle se souvient qu'à l'instant où est née sa première fille, elle a su que quelque chose n'allait pas. *Elle n'a pas pleuré.* Elle se souvient d'avoir pris le bébé dans ses bras et de l'avoir vu s'endormir pour la première et la dernière fois de sa vie. Elle se souvient qu'ils ne l'ont jamais enterrée. Qu'ils ne lui ont jamais donné de nom. Elle se souvient qu'elle avait des ongles parfaits et un cœur très particulier. Qu'elle avait le long nez de ton père. Qu'elle a tout de suite su qu'elle était bien de lui. Elle se souvient qu'elle s'est mise à saigner deux jours plus tard, en rentrant de l'hôpital. Que ton père l'a rattrapée au moment où elle est tombée dans la salle de bains. Elle se rappelle le coucher du soleil dans le désert. *Le ciel était d'un orange extraordinaire.* Elle se rappelle les scorpions et les fourmis rouges. Le goût de la poussière.

Elle se rappelle qu'un jour elle a aimé quelqu'un plus que tout au monde. Qu'elle a fait naître par deux fois la même petite fille. Elle se rappelle qu'aujourd'hui c'est dimanche, qu'il est temps de partir pour sa promenade, alors elle prend son sac, se met du rouge à lèvres, et va attendre ton père dans la voiture.

BELAVISTA

Vous êtes là aujourd'hui parce que vous avez échoué aux tests. Peut-être n'avez-vous pas réussi à inscrire tous les chiffres sur la pendule, ou à épeler le mot « monde » à l'envers, ou à vous rappeler ne serait-ce qu'un seul des cinq mots qu'un de nos spécialistes de l'évaluation vous avait lancés à la volée quelques minutes plus tôt. Ou peut-être que pour la première fois vous n'avez pas réussi à recopier ce cube. « Je ne suis pas d'humeur », avez-vous dit. Peut-être que vos capacités à identifier les animaux ont diminué depuis la dernière fois que nous vous avons vue. Ou avez-vous totalement raté l'exercice qui consiste à relier les points selon une suite logique. Ou votre score en matière d'intégration sociale s'est-il avéré épouvantable. À moins que vous n'ayez pas passé les tests. Peut-être êtes-vous allée au supermarché acheter des œufs, et en êtes-vous revenue deux jours plus tard avec une mangue trop mûre. « J'ai trouvé ! » Ou vous avez voulu faire la course avec un camion de pompiers – « Mais j'avais mis mon clignotant ! » –, ou encore vous avez oublié la recette de votre célèbre tarte aux prunes paysanne ? Peut-être qu'à votre insu vous êtes devenue quelqu'un de *très difficile à vivre.* Vous refusez de manger. Vous refusez de vous laver. Vous vous levez dix fois, vingt fois par nuit, vos proches sont au bout du rouleau. Ou bien est-ce votre mari qui vous a dit tout simplement ce matin de monter en voiture, qu'il vous emmenait « en promenade ». Ou c'est votre fille qui vous a annoncé qu'elle avait « pris des dispositions », et vous vous êtes dit : *Chic, une sortie.* Et vous voilà ici.

Bienvenue à Belavista. Nous sommes une résidence privée, spécialisée dans les troubles de la mémoire, accueillant des patients en long séjour, et commodément située à la place d'un ancien parking en bordure d'autoroute, à quelques minutes du centre commercial de Valley Plaza. L'endroit a porté d'autres noms avant celui-ci, dont Heritage Pointe, Palomar Gardens, Service municipal #3 et The Villages at Pacifica, Inc. Il est aussi connu comme le bel endroit, le nouvel endroit, le dernier lieu, ce lieu *merveilleux* (« Tu vas adorer ! ») et, depuis peu, pour reprendre l'expression adressée à sa mère par un garçon de huit ans derrière les vitres teintées du SUV qui repartait sur les chapeaux de roue : l'asile de fous.

Ici, à Belavista, nous ferons tout notre possible pour répondre à vos besoins à mesure de leur évolution alors que vous entrez dans cette phase ultime de votre voyage. Lorsque vous serez passée entre les mains de notre Équipe d'accueil (rencontre de bienvenue, panier garni, inspection complète des irritations de la peau et des grains de beauté), on vous donnera une chambre, un numéro, un lit et, si vous n'avez pas apporté les vôtres, un trousseau complet de vêtements avec des étiquettes thermocollées, faciles à identifier. Désormais, vous n'aurez plus jamais à craindre de vous perdre. Parce que même si *vous* ne savez pas où vous êtes, *nous* le savons. Dans l'éventualité fort peu probable où vous réussiriez à quitter l'établissement (à sortir de votre « zone de sécurité »), le traceur GPS nous informera aussitôt de vos coordonnées géographiques sur la carte. La nuit, votre sommeil sera surveillé à distance par des capteurs électroniques. Si vous tentez de vous lever seule, le sol sensible à la pression activera aussitôt l'alarme mobilité et un membre de votre Équipe-mémoire arrivera aussitôt pour vous aider.

Mais peut-être vous dites-vous : Je n'ai pas de problème (si, vous avez un problème). Ou : J'ai bien réussi les tests (vos résultats sont catastrophiques). Ou : Mon mari revient me chercher demain (il a menti). Ou : Il faut que je prenne le prochain bus pour le centre-ville (l'arrêt de bus est un faux : il n'y a pas de ligne de bus). Ou : Comment est-ce arrivé ? (Lentement, au fil des décennies, ou très vite, en un instant – Alan, chambre 19, collision entre un train et une voiture après avoir tenté de prendre de vitesse les barrières de sécurité.) Ou : Je crois que j'en ai assez vu (désolé, mais ce n'est que le commencement).

Quelques informations au sujet de votre état. La maladie n'est pas temporaire. Elle est évolutive, inguérissable et irréversible. Et au bout du compte, comme la vie en somme, elle débouchera sur la mort. Les médicaments ne peuvent l'arrêter. Le thé vert infusé avec du ginkgo biloba et du gotu kola n'y changera rien. Les prières ne seront d'aucune efficacité. Les mouvements de qi gong « franchir les étapes » et « donner plus de sens à sa vie » (trop tard pour ça) n'auront aucun effet. Adopter une attitude positive réaliste n'empêchera rien, voire pourrait hâter votre déclin. Il n'y a pas d'exception à ces règles. Vous êtes certes une personne particulière, mais votre cas ne l'est pas. Il y a quatre-vingt-sept personnes à Belavista qui connaissent la même affection que vous, et elles sont plus de cinquante millions à travers le monde.

Mais à qui cela arrive-t-il ? vous demandez-vous peut-être (et aussi : C'est une blague ? Suis-je en état d'arrestation ? Et puis : On vient de me prendre mes clés de voiture !). C'est une maladie qui frappe de riches barons de la drogue mexicains. Des mineurs chinois endurcis, au Brésil. Les professeurs de l'Ivy League d'une improbable beauté que l'on voit dans les films l'ont aussi. Également des chercheurs sept fois nommés pour le prix Nobel de chimie à Leipzig, en Allemagne (les gagnants du prix Nobel, eux, y échappent grâce aux effets salutaires de cette récompense incroyable sur leur système immunitaire). Et les prisonniers âgés de San Quentin qui purgent leurs dernières années après avoir été condamnés selon la loi des trois prises. Dans un village de pêcheurs reculé, sujet aux mariages consanguins, le long de la côte nord-est de l'Islande, une personne sur trois est touchée chez les plus de soixante-cinq ans. Dans un village encore plus perdu du nord des Andes rassemblant quelques grandes familles descendant toutes du même conquistador espagnol du XVIe siècle, c'est une personne sur deux parmi les moins de quarante-cinq ans. Sur un minuscule îlot dépourvu de nom, au sud-ouest des îles Andaman, personne (l'espérance de vie est trop courte). Et puis, bien sûr, il y a vous, infime cohorte d'une seule personne. Ça vous est tombé dessus.

Votre affection n'a pas de « sens », ni de « signification supérieure ». Ce n'est ni un « don », ni une « mise à l'épreuve », ni même une opportunité pour changer et grandir intérieurement. Cela ne guérira pas votre âme blessée et en colère, ni ne fera de vous une personne plus gentille, plus compatissante, jugeant moins les autres. Elle ne gratifiera d'aucun supplément de noblesse les personnes qui sont payées pour vous soigner (C'est une sainte !), ni n'enrichira la vie de vos proches qui vous ont toujours aimée, adorée. Ça les rendra seulement tristes. Cela ne vous rapprochera pas non plus de l'être supérieur, ni ne vous libérera de vos petits soucis. Si vous vous inquiétiez déjà pour votre poids, cela continuera (« Je suis *toujours* trop grosse », direz-vous). Seul effet mesurable : vous vous rapprochez de la fin inexorable.

Je préférerais avoir un cancer, pensez-vous peut-être. Ou des problèmes cardiaques. Ou avoir pris une balle dans la tête. Ou bien regrettez-vous seulement toutes ces choses que vous n'avez pas faites. Vous auriez dû pratiquer davantage les mots croisés, prendre plus de risques, vous inscrire à ce cours sur les classiques de la littérature, prendre tous vos jours de congé, enlever les housses de protection en plastique sur vos « beaux » meubles (« Je suis en train de devenir comme ma mère ! » avez-vous dit un jour), porter ces coûteuses chaussures à talons que vous gardiez au fond de votre placard pour une occasion spéciale (*quelle* occasion ?). Vous auriez dû *vivre* (qu'est-ce que vous avez fait à la place ? Vous avez joué la sécurité, vous êtes restée dans votre ligne de nage). Ou peut-être auriez-vous mieux fait de choisir le régime crétois plutôt que le régime du Dr Atkins. Apprendre une nouvelle langue – le français, l'allemand, l'indonésien, n'importe laquelle – avant l'âge de cinquante ans, au moment où votre cerveau a commencé inéluctablement à glisser dans le sens de la pente. « L'année prochaine », ne cessiez-vous de vous répéter. Et maintenant – *Surprise !* –, l'année prochaine est là. Jamais vous ne ferez ce voyage à Las Vegas, ni ne deviendrez une lettrée plutôt qu'une simple lectrice, ni ne parlerez un français courant, voire même passable. *Nous sommes désolés**. Parce que, hélas, la fête est finie.

En tant que dernière patiente admise à Belavista, vous devez être mise au courant de certaines choses. Désormais, vous vous réveillerez lorsque nous déciderons que vous devez vous réveiller. Vous dormirez quand nous vous mettrons au lit et que nous éteindrons la lumière.

Toutes les places à la cantine sont attribuées à l'avance (s'il vous faut plus de quarante-deux minutes pour finir votre repas, peut-être devriez-vous demander une place à la table des « mangeurs lents »). N'errez pas à travers les couloirs tard dans la nuit à la recherche de votre mari ou de vos enfants (votre mari dort profondément dans le grand lit vide, vos enfants sont adultes et éparpillés à travers le monde). N'essayez pas d'ouvrir les fenêtres (elles sont fixes), ni de tenter votre chance en essayant de trouver le code pour débloquer l'ascenseur (le code est indécryptable). Si vous ne voulez pas vous montrer docile, nous serons obligés de vous administrer un sédatif. Si vous résistez au programme de soins prévus, nous serons obligés de vous administrer un sédatif. Si vous refusez de prendre votre sédatif, nous serons obligés de vous administrer un sédatif encore plus puissant, voire, en fonction de votre degré d'obstination, de vous faire une injection. Il est interdit d'accumuler des objets. Les chaussettes sont obligatoires. La porte de votre chambre doit rester ouverte en permanence. Si vous respectez les règles et que vous montriez de joyeuses dispositions, alors vous pourriez être désignée Résidente du Mois.

Peu importe ce que vous étiez « avant », dans ce que vous appelez votre « vraie vie » (souvenez-vous d'une chose : ceci *est* votre vraie vie). Peut-être étiez-vous chauffeur de bus (Norman, chambre 23, s'est perdu sur le parcours qu'il accomplissait tous les jours depuis trente-huit ans). Ou prof de lettres (Beverly, chambre 41, ne parvenait plus à suivre les remarques de ses élèves en classe : *Quelle est la différence entre le signifiant et le signifié ?*). Ou gouverneur d'un État important, dont le nom vous échappe à présent (William, chambre 33 : « Était-ce le Maine ? »). Peut-être travailliez-vous pour l'assurance maladie (Vero, chambre 17, a acheté à son mari la même cravate en solde chez J. C. Penney trois jours de suite : « Elle te plaît ? — Je l'adore ! »). Ou étiez-vous une ancienne actrice de soap opera (Peggy, chambre 27, se réveille chaque matin en panique car elle a oublié son texte). Ou alors une malade professionnelle (Edith, chambre 8, vous pouvez citer n'importe quelle maladie, elle l'a eue !). De toute façon, personne ne le sait, et tout le monde s'en fiche. Parce que tout ce qui compte à Belavista c'est *qui vous êtes à présent.*

Les espaces de vie à Belavista, bien que modestes, sont propres et confortables. Chacune de nos chambres semi-privées est meublée de deux lits (de hauteur ajustable), deux tables de chevet (en faux bois), deux chaises pour les visiteurs (en vinyle) et d'un rideau de séparation (en vinyle aussi). Votre nom ainsi que celui de votre compagne de chambre sera imprimé sur du carton laminé et accroché à votre porte. Votre fenêtre donnera sur une bretelle d'autoroute, sur l'extrémité nord du parking réservé aux employées, ou sur l'arrière-cour peu glorieuse de la ville. Si vous préférez une grande chambre avec du soleil donnant sur des arbres et de l'herbe, la facture sera plus élevée (les résidents qui ont vue sur un jardin, les études tendent fortement à le souligner, voient leur substance blanche se rétrécir moins vite que les personnes vivant dans des pièces sans soleil, donnant sur un mur de brique). Si vous voulez être suivie par nos meilleures praticiennes plutôt que par une interne, la facture sera également plus élevée. Si vous n'avez pas les moyens d'être suivie par nos meilleures praticiennes, mais que vous souhaitiez une interne « mieux qualifiée », plus « gentille », qui vous traite avec plus d'égards, la facture sera là encore plus élevée, mais cependant moins que pour une des meilleures praticiennes. Les visites bimensuelles des volontaires de l'équipe de thérapie canine proposées par la Good Dog Foundation sont gratuites.

Si vous vous attendiez à autre chose – des draps de meilleure qualité, un mobilier personnalisé, un yaourt bio et du muesli au petit déjeuner, du sorbet aux fruits rouges à la demande, apporté directement dans votre chambre –, vous auriez mieux fait de vous rendre au Manoir, de l'autre côté de la ville. Ou bien de prendre une chambre à l'hôtel. Tout ce que nous avons à dire c'est que nous sommes désolées, nous aurions aimé que les choses soient différentes mais votre mari ayant signé une demande de restriction des déplacements, nous ne pouvons pas vous laisser partir.

Mais je n'ai pas les moyens, songez-vous sans doute. N'ayez crainte, votre mari a déjà renoncé à son épargne-retraite, transmis l'ordre pour que la Sécurité sociale nous paie directement, et pris une seconde hypothèque sur la maison afin de financer votre séjour. Dans ce cas vous faites partie de nos résidents « privés » à taux préférentiel. Si, hélas, il a fait de mauvaises affaires au fil des années, ou a derrière lui une longue histoire d'impôts impayés, ou – Lloyd, chambre 38 – est tombé dans le piège d'une escroquerie en ligne et a liquidé tous ses avoirs en un seul clic (« Mais elle *m'aimait* ! »), alors vous faites partie de nos résidents à « revenu fixe » (personnes médicalement indigentes) et le gouvernement nous verse une maigre allocation pour votre séjour. Toutefois, vous n'avez pas à vous inquiéter. Contrairement aux croyances populaires, vous ne serez pas considérée comme une citoyenne de second ordre, ni livrée à vous-même pendant des heures, sans soins, en « classe économique » (il n'y a pas de classe économique). Même si nous perdons de l'argent tous les jours à cause de vous. Parce que ici, à Belavista, nous nous enorgueillissons de traiter chacun de nos résidents avec dignité et respect, sans tenir compte de son apport financier.

Bien sûr – officieusement – nous avons nos préférences. Notre patient idéal a une bonne présentation, est d'un abord attirant (agréable à regarder) et c'est, de préférence, une dame. Elle est de langue maternelle anglaise et elle a bon caractère. Dotée d'un solide appétit – nous sommes pénalisés par l'État à chaque kilo que vous perdez, d'où un régime riche en féculents – sans être vorace. Son hygiène est irréprochable. Elle s'entend bien avec sa compagne de chambre, et de son côté du rideau de séparation tout est en ordre, rangé, sans miettes qui traînent. Elle n'enlève pas son badge toutes les cinq minutes (Je *sais* qui je suis), ni ne persiste à émettre de drôles de bruits lorsqu'elle est seule dans son lit le soir. Elle ne demande pas sans cesse : « Est-ce qu'il y a du melon, aujourd'hui ? » ou « Où est ma fille ? ». En réalité, elle ne pose aucune question. Elle est docile, dénuée de curiosité, presque timide. C'est une « suiveuse ». Sa famille, quand elle en a, est trop occupée pour prendre soin d'elle correctement, même si elle se montre chaque année très généreuse dans sa donation à l'établissement.

Combien de temps resterez-vous ici ? Réponse rapide : ça dépend. Vous passerez peut-être ici quelques jours, quelques années, quelques heures, ou – Gordon, chambre 3, porteur du gène PSEN4b – plus de la moitié de votre vie. Dans l'idéal, vous serez avec nous indéfiniment. Mais si l'on se veut plus réaliste, il n'en sera pas ainsi. Certains partent très vite pour l'hôpital et n'en reviennent jamais. D'autres s'en vont sans bruit, au milieu de la nuit. La plupart, cependant, demeurent patiemment avec nous, en paix, jusqu'à ce qu'ils aient fait leur temps.

Bien qu'il n'y ait à l'heure actuelle pas de traitement disponible qui puisse arrêter la progression de votre maladie, soyez sûre que les scientifiques y travaillent vingt-quatre heures sur vingt-quatre, sept jours sur sept. Le remède, disent-ils, sera disponible très bientôt. *Nous lançons la phase III des tests lundi.* À moins qu'ils n'aient déjà découvert un médicament, mais qui agisse seulement pour les personnes ayant une mutation spécifique sur le chromosome dix-sept, que vous, comme 97,2 % de la population mondiale, ne possédez hélas pas. Ou dont l'effet ne dure que quelques mois, et uniquement chez une poignée de personnes sélectionnées pour une étude à la fois longitudinale et transversale menée aux Pays-Bas (« l'étude de Rotterdam »), que jusqu'ici aucun autre laboratoire n'a réussi à reproduire. *Les données ne sont pas cohérentes.* Peut-être qu'il n'y a pas de remède. Ou peut-être que si, mais si vous avez manqué la fenêtre de tir au moment critique, le traitement ne sera pas efficace. *Pour vous, c'est trop tard.* Rajesh (« Ray ») Kapoor, professeur en épidémiologie et en développement neurobiologique, à l'université de Stanford : « C'est un mystère difficile à percer. » Takashi Uematsu, chercheur senior au Centre pour la santé cérébrale de la population, université de Tokyo : « Nous nous rapprochons du point d'inflexion où la tangente traverse la courbe. » Ingemar Björkholm, biochimiste clinicien au Karolinska Institutet : « Franchement ? On n'a absolument rien. »

De temps en temps, vous entendrez une agréable voix désincarnée transmise par les interphones, qui flotte à travers les couloirs. « Toutes les superviseuses sont convoquées ! Toutes les superviseuses sont convoquées ! » C'est la voix de notre directrice, Nancy Lehmann-Hayes (alias « Dr Nancy »). Dr Nancy rend des comptes directement au siège, un immeuble neutre, tout en verre, sis dans un lointain État au faible taux d'imposition. Elle a un sac à main monogrammé et gagne plus de quatre cent mille dollars par an. Sa responsabilité principale consiste à faire en sorte que les actionnaires soient contents. Son mot préféré : « rendement ». Son mantra silencieux : « Un malade sur chaque matelas. » Son seul produit – le plus précieux –, c'est vous. Vous trouverez Dr Nancy à son bureau du lundi au jeudi, entre dix et seize heures, penchée sur les derniers rapports financiers. Sur son bureau, tournées vers l'extérieur, deux photos encadrées de ses trois magnifiques enfants, folâtrant au soleil. Si vous désirez prendre rendez-vous avec Dr Nancy, vous devez d'abord vous adresser à sa chargée de communication, Melissa. Melissa, comme toutes les personnes qui travaillent ici à l'exception de Juan, l'homme à tout faire, est une femme. Vous trouverez Melissa du lundi au vendredi au fond du bureau des acquisitions clients, mettant en place ses dernières initiatives en date. *Je placerais ma propre mère dans cet établissement !* Pour vous entretenir avec Melissa, vous devez d'abord soumettre votre demande à son assistante, Brittany, qui existe réellement, ou pas. Souvenez-vous : Dr Nancy est le visage public de Belavista. Ne vous moquez jamais de Dr Nancy. Si vous osez contrevenir à cette règle, vous deviendrez aussitôt l'objet d'un rapport de désobéissance et notre technicienne de gestion du comportement s'occupera de vous ainsi qu'il convient.

Quelques conseils pour votre premier jour. Dites à votre mari : « Ne t'inquiète pas, tout ira bien » ou « Tu as fait tout ce que tu pouvais», ensuite prenez votre valise et suivez sans attendre la personne désignée pour vous guider jusqu'à votre chambre. Ne regardez pas en arrière. Ne courez pas à la fenêtre du couloir pour faire des signes frénétiques en direction de la voiture de votre mari qui repart lentement (il ne peut pas vous voir). Ne vous demandez pas si vous auriez pu faire autrement (il n'y a rien à faire), et qui va expliquer votre absence aux dames dans les vestiaires de la piscine à présent que vous êtes «partie» (personne, elles savent déjà). Ne pensez pas: *Mise au rancart.* Ne pensez pas: *Tel un vieux reste.* Ne pensez pas: *Écartée du troupeau.* Posez donc votre valise et présentez-vous à votre nouvelle camarade de chambre. Ouvrez votre trousse complémentaire (baume à lèvres, cotons-tiges, chaussettes ultra douces aux semelles renforcées de caoutchouc). Faites comme si vous compreniez.

Après avoir vécu pendant quarante ans avec votre époux dans une grande maison comptant trois chambres, vous devrez désormais dormir à un peu plus d'un mètre de distance d'une totale inconnue. Peut-être s'agit-il d'une maîtresse d'école à la retraite. «Servez-vous et faites passer, servez-vous et faites passer.» Ou d'une ancienne patronne d'hôtel, toujours prête à accorder une oreille sympathique. «Je comprends votre frustration.» Ou d'une voleuse. Peut-être qu'elle parle tout le temps. Ou qu'elle va devenir la meilleure amie que vous ayez jamais eue. Si elle vous empêche de dormir toute la nuit parce qu'elle grince des dents, insérez vos bouchons d'oreilles (voir la trousse complémentaire). Si elle insiste pour avoir la maîtrise totale du rideau qui sert de séparation, suggérez de le faire à tour de rôle. Si elle se plaint à son aide-mémoire que vous avez « trop de fleurs », offrez-lui-en gentiment quelques-unes. Ne la mettez pas dans l'embarras. Essayez de trouver des compromis. Faites de votre mieux. Asseyez-vous à côté d'elle près de la fenêtre dans la salle commune, après les activités manuelles. Observez les nuages qui dérivent lentement à travers le ciel. Attendez la tombée de la nuit. Essayez de ne pas penser aux portes (toutes les portes extérieures sont fermées à double tour et reliées à une alarme). Souvenez-vous qu'elle aussi elle vient d'ailleurs.

Veuillez noter qu'un temps d'adaptation est normal. Si malgré tout, au bout d'un mois, la pensée de passer ne serait-ce qu'une minute de plus en présence de votre camarade de chambre vous est insupportable, vous pouvez faire une « demande de transfert » (DDT) auprès du comité d'attribution des lits et quelqu'un vous contactera quand une solution convenable se présentera (parce que dans un endroit comme Belavista, il y a du « turnover »). Vous êtes autorisée à présenter un maximum de trois DDT, ensuite vous serez cataloguée incapable de s'adapter, résistante au changement, voire pire, vous serez envoyée dans la Chambre de remise à jour (non, vous ne voulez pas savoir).

Parmi la liste des choses de votre vie d'avant dont vous n'aurez plus l'usage à Belavista, il y a : votre carte expirée du supermarché Ralphs (vous n'êtes pas près de retourner faire les courses), votre immense parapluie renforcé avec des nuages blancs dessinés à l'intérieur (vous n'êtes pas près non plus d'affronter la « vraie météo » de sitôt), votre alliance (il est sûr et certain qu'elle disparaîtrait dans les tout premiers jours), votre veste imperméable matelassée (vêtements d'intérieur exclusivement, s'il vous plaît, la température à Belavista est de vingt-deux degrés toute l'année), votre collection chérie de morceaux de ficelle (pas de commentaire), et votre agenda semainier (à partir de maintenant, chaque jour sera planifié pour vous à l'avance). Les animaux en peluche ne sont pas les bienvenus (ce n'est pas une crèche), de même que les œuvres d'art que vous avez créées au cours de ces cinq dernières années. Les photos ne doivent pas être posées sur le rebord de la fenêtre (les rebords de fenêtres sont prévus pour rester dégagés). Pas de mini-frigo. Pas de mobilier personnel. Pas de crucifix au-dessus du lit, s'il vous plaît (nous sommes un institut qui n'accepte pas les symboles religieux et nous pratiquons une politique stricte de murs nus).

On vous dit tout : à Belavista, les apparences peuvent être trompeuses. Le réveil fixé à la table de chevet est en fait une caméra de surveillance déclenchée par le mouvement. Votre gobelet en plastique rouge translucide permet de contrôler votre niveau d'hydratation. Le thermostat situé sous l'interrupteur de la lumière est un micro. Votre bracelet de cheville en argent si stylé permet de vous retrouver partout. La compote sur votre plateau de dîner est un leurre pour vous faire prendre vos médicaments. Idem de la purée et des morceaux de banane occasionnels. Le joli tapis décoratif de votre salle de bains est un tapis antichoc en cas de chute. Votre « coach personnelle » est en réalité kiné. Son salut amical – « Tout va bien ! » – sert à développer la confiance. Le jardinier que vous voyez par la fenêtre assure la sécurité. Et cette femme un peu perdue qui vous regarde dans le miroir de la salle de bains ? C'est *vous*.

À l'exception de votre médecienne, qui viendra vous voir chaque mois pendant trois minutes, afin de signer l'autorisation de vous délivrer vos médicaments, avant de refermer votre dossier (« Heureuse de vous revoir »), et de se hâter vers la porte (« Au suivant ! »), seules s'occuperont de vous des femmes non blanches, entre deux âges, épuisées, venant de pays indigents, qui doivent cumuler deux voire trois emplois pour payer leur loyer. Leur tension artérielle est élevée, leur dos douloureux, elles n'ont pas vu de dentiste depuis des années. Pensez à les remercier quand elles viennent vous voir, la nuit, pour remettre vos couvertures en ordre. « Restez avec moi », leur direz-vous (les aides-mémoire doivent être à tout moment opérationnelles). Ne le prenez pas mal si le lendemain matin elles n'ont pas le temps de lever les yeux de leurs papiers dans la salle commune pour vous accueillir. *Si ce n'est pas noté dans les registres, ça ne s'est pas passé.* Essayez de leur faciliter la vie si vous le pouvez. On leur donne le salaire le plus bas possible pour vous aimer.

Il y aura – si vous avez de la chance – des jours entiers à passer. Peut-être finirez-vous comme Miriam, chambre 11, par marcher inlassablement dans les couloirs pendant des heures. *Quelqu'un a vu ma brosse ?* Ou votre pas ralentira jusqu'à ce que vous traîniez les pieds d'un rythme irrégulier. Peut-être déciderez-vous de rester devant la fenêtre tous les après-midi après le déjeuner le temps de digérer, à regarder défiler les voitures (un des passe-temps préférés de beaucoup de nos résidents masculins). « Impossible qu'il s'arrête au feu ! » En règle générale, vous devez vous attendre à passer approximativement 32 % de vos heures de veille à ne rien faire, 36 % de votre temps de veille à ne faire presque rien, et le reste de votre temps libre à participer à des groupes d'activité modérée tels que le Cercle d'activité (optionnel mais tout à fait recommandé), le Jeu de quête (obligatoire), Attention à ton attention, des exercices cérébraux, ainsi que la version gratuite de la machine à mémoire Souvenons-nous. Pour un petit supplément vous pourrez bénéficier d'une thérapie musicale personnalisée (des bongos africains imitant le battement du cœur humain), d'une thérapie par le spectre de la lumière bleue pour remettre en quelques minutes votre horloge biologique à l'heure (ce programme est pour l'instant en attente jusqu'à ce que l'installation des LED ajustables soit terminée), et des sessions en face à face pour stimuler le cerveau avec Deb, la neuro-coach (une combinaison de stimulations hippocampiques, d'exercices de rangement par catégories issus de la méthode

Montessori, et les bonnes vieilles cartes mémoire, tout cela customisé pour vous aider à rebooster momentanément votre consolidation synaptique amoindrie, perdue, voire – dans le pire des cas – totalement éteinte). Les activités apaisantes en solo comme les « travaux » de perles, les coloriages et les moments de lecture feinte à la bibliothèque ont aussi un effet calmant, elles agissent selon certains à la manière des tranquillisants et sont fortement encouragées.

Votre activité principale, naturellement, consistera à attendre. Que les médicaments fassent effet. Que ce soit l'heure du goûter. Que ce soit le jour des frites, le vendredi. Le jour de votre anniversaire (au déjeuner, une seule bougie sur un cupcake recouvert d'un glaçage). De votre rendez-vous mensuel avec Miss Sharon dans notre salon de coiffure interne. «Juste un rafraîchissement, s'il vous plaît», direz-vous. Le prochain coup de téléphone de votre fille (« Ça va ! » lui direz-vous). La moindre petite manifestation de gentillesse. Un clin d'œil. Un signe de tête. Une main posée sur votre épaule. Qu'on vous tapote le poignet. Qu'on vous serre le bras. Qu'on vous serre contre soi. Que quelqu'un vienne s'accroupir à vos côtés et dise en vous regardant droit dans les yeux : « Tout va bien se passer » (ce à quoi votre moi d'autrefois aurait répondu : « Vous n'avez pas la moindre idée de ce dont vous parlez »). Enfin, *last but not least*, vous attendrez de glisser dans le doux oubli du sommeil.

La nuit à Belavista tombe promptement à vingt heures, alors les veilleuses nocturnes s'allument toutes en même temps dans toutes les chambres (vous ne ferez plus jamais l'expérience du noir total) et la température ambiante commence à baisser. Les derniers médicaments sont administrés à vingt heures trente. À vingt-deux heures, extinction des feux. Visite de contrôle à vingt-trois heures. La ronde de nuit commence à une heure. Si vous vous retrouvez les yeux grands ouverts à trois heures du matin, à contempler ce fin rai de lumière au plafond (*qu'est-ce que j'ai raté ?*), peut-être voudrez-vous commander quelque chose dans votre « menu nuit », qui propose une vaste gamme de produits destinés à vous apporter un repos optimal (tous les objets proposés sont *à la carte** et seront reportés sur votre facture mensuelle) : masque massant pour les yeux, bandeau de sommeil connecté, bonnet rafraîchissant thermosensible, couverture en polaire lestée recréant une sensation d'enveloppement qui rappelle celle de votre premier et meilleur lit, l'utérus. Les biscuits et le jus de fruits ne sont toutefois pas au programme (voir notre règle : « Ne pas manger la nuit »). Pas plus que les histoires ennuyeuses pour s'endormir, les huiles essentielles sur les différents pouls, les câlins, les contacts affectueux ni, hélas, les « maris oreillers ».

De temps à autre, un membre de la famille bien intentionné, une amie, un ancien collègue apparaît sans prévenir à la porte de votre chambre. « Toc, toc ! » Cette personne est ce qu'on appelle un Visiteur. Les Visiteurs arrivent en groupe, par paquets (les « dames de la piscine »). Ils arrivent un par un, avant et après le travail (votre amie Sylvia), pendant la pause déjeuner (votre amie Marjorie), ou poussés par un sursaut de culpabilité (votre fille), en rentrant du centre commercial. « Coucou maman ! » Ils viennent par avion une fois par an de Londres (votre fils aîné) et de New York (le cadet). Ils arrivent les bras chargés de boîtes de gâteaux sans sucre du supermarché (votre mari). De bouquets de lys blancs fatigués venant du même supermarché (la « bonne » fleuriste était fermée). De brins de basilic frais du jardin que vous ne reverrez jamais. *Ferme les yeux et sens-moi ça.* Ils se penchent vers vous et demandent : « Tu sais qui je suis ? » comme si vous étiez complètement stupide (vous n'êtes *pas* complètement stupide). Ils vous parlent du temps (« Chaud ! »). Du trajet (« On n'a pas mis longtemps ! »). Disent que vous avez l'air en forme, même si vous penchez un peu sur le côté à cause de vos médicaments du matin. Ils demandent si nous vous traitons correctement (la bonne réponse est Oui). Discutent avec le personnel. Examinent le menu de la semaine. Posent des questions bien informées. « C'est de la nourriture, *ça* ? » Souvent, ils se plaignent. Pourquoi ton chemisier est déboutonné ? Où sont tes lunettes ? Et que fait ton foulard en soie préféré sous le lit de ta camarade de chambre, en boule et plein de poussière ? Au bout d'un moment, pourtant, ils se taisent. Regardent leur montre. Leur téléphone. Se lèvent. S'étirent. Et puis, évidemment, ils s'en vont. Ils doivent retourner au bureau, répondre à des messages, sauver la forêt primaire, aller à leur cours de spinning. Ces gens-là sont *occupés.* Très, très, très occupés ! « J'aimerais rester plus longtemps », déclarent-ils. Ou « Je t'aime ! ». Et vous de bouillir intérieurement : *Alors ne t'en va pas !* Pourtant vous dites : « S'il te plaît, reviens vite. »

En dehors de l'heure de Temps calme (jeudi de quinze à seize heures), la télévision doit rester allumée en permanence. Même quand vous n'êtes pas dans votre chambre. Même si vous êtes dans votre chambre et que le présentateur s'exprime dans une langue que vous ne comprenez pas et qui, soupçonnez-vous, pourrait s'avérer une langue étrangère (*En anglais normal, s'il vous plaît !* crierez-vous peut-être à l'attention de l'écran), la télévision doit rester allumée. Et même si vous parvenez à comprendre ce que dit le présentateur mais que les nouvelles – une tuerie dans une école en temps réel, un accident dans une centrale nucléaire, une attaque d'abeilles tueuses, une lapidation ou une décapitation dans un riche et lointain royaume pétrolier – soient tellement tristes que vous ayez juste envie de revêtir votre plus belle robe et de vous jeter par la fenêtre, qui, ainsi que mentionné plus tôt, ne s'ouvre pas – maintenant, vous savez pourquoi –, la télévision doit rester allumée en permanence. Que vous dormiez, soyez en plein délire, en proie à des hallucinations, que vous parliez au téléphone ou – le ciel vous en préserve – soyez dans un état catatonique, la télévision doit rester allumée (dans ce dernier cas, bien sûr, avec le son au minimum). Parce que la télévision n'est pas là pour vous distraire, vous, mais pour divertir nos employées. Là où vous trouvez une employée, vous êtes certaine qu'il y a un poste de télé : à la cantine (à côté du panneau VOUS ÊTES-VOUS LAVÉ LES MAINS ?), dans la salle d'activité physique (au-dessus du tapis roulant avec chambre à air antigravité), dans votre chambre (à quelques centimètres au-dessus de votre lit, accroché à un bras ajustable) et évidemment dans la salle éponyme de télévision (écran plat géant accroché au mur au-dessus du distributeur de gel hydroalcoolique), qui, si le conseil d'administration l'approuve, sera bientôt rebaptisée Salle multimédia (un ordinateur, une télévision, un panier d'osier rempli des magazines du mois dernier). Parce que, d'une certaine manière, à Belavista, toutes les pièces sont des salles de télévision.

Exception faite du hall d'accueil. Le hall d'accueil – grands fauteuils en cuir, décoration florale somptueuse, complétée de corbeilles de fruits et de photographies en noir et blanc encadrées avec goût représentant des paysages personnellement choisies par Dr Nancy – est une zone de silence et de respect, sans télévision, réservée à l'accueil des potentiels résidents et de leurs familles. Les seuls bruits audibles dans le hall sont les murmures fugitifs des nouveaux arrivants qui se présentent devant l'Ambassadeur du Hall, à l'accueil (« Cet endroit est *magnifique* ! »), et dans le fond le glouglou apaisant de notre Mur d'eau scintillant. Les résidents ne sont pas admis dans le hall.

D'autres espaces sont interdits aux résidents comme par exemple la salle de repos du personnel, la pharmacie, les lieux où sont installés des distributeurs de friandises (les résidents sont invités à penser en permanence à leurs objectifs nutritionnels), le bureau de devant, le bureau de derrière, le magasin de cadeaux, la salle de réunion réservée aux familles (tous les membres de votre famille « extérieure » sont autorisés à participer aux réunions d'équipe vous concernant, sauf vous) et tout l'espace qui se trouve de l'autre côté des vitres teintées anti-UV (la pelouse est exclusivement réservée aux Visiteurs).

Un mot à propos du vocabulaire. Ici, nous disons « à l'instant T de votre parcours » et non « votre état se détériore ». Nous disons d'une personne qu'elle est « pré-symptomatique », pas « mais elle a l'air parfaitement normale ! ». Et : « Passons à présent à l'étape suivante », et non : « Il est temps d'augmenter les doses de médicaments. » Les problèmes dont nous préférons éviter de nous occuper sont qualifiés de « faux problèmes » et transférés auprès du Comité de qualité des soins pour « examen complémentaire et réflexion ». Les violations sérieuses du code de la santé sont des « erreurs qui ne se reproduiront pas ». Les gens de l'extérieur sont « non affectés ». Et la pièce où des vitres ont été brisées à coups de poing, la « Serre » (à ne pas confondre avec la « Salle de jour »). Voilà le genre de platitudes que vous n'entendrez jamais : « Vous vous en remettrez », et « Ça ira mieux demain » (nous ne croyons pas au mensonge compassionnel). De même que nous ne vous appellerons jamais « ma belle », ou « la 37B », ou « la mutation Ivalo de la chambre 21 ». Nous vous appellerons tout simplement par votre nom.

D'autres choses que nous ne ferons pas : nous ne vous laisserons pas partir facilement, ni tourner le dos prématurément à la vie (vous devez « rester dans les clous » jusqu'à la toute fin). Nous ne vous féliciterons pas parce que vous accomplissez des tâches ordinaires, ni ne vous parlerons sur un ton anormalement enjoué. Contrairement aux rumeurs, nous ne vous abandonnerons pas en cours de route. Nous vous procurerons un environnement stimulant, sans qu'il soit trop exigeant, où vous pourrez vous épanouir et prospérer. Plus de « masques », ou d'acquiescements bidon lorsque vous aurez du mal à vous dépatouiller dans le labyrinthe des prénoms. *Abby. Betty. Clara ?* Plus de mises en miroir. « Comment allez-vous ? — Et vous, comment allez-vous ? » Plus de post-it tapissant les murs. *Les chaussettes d'abord, puis les chaussures.* Plus besoin de se triturer la cervelle pour chercher le mot exact quand un vague synonyme peut suffire. *Est-ce qu'elles s'en rendent compte ?* (Oui.) Ici, à Belavista, vous pouvez dire adieu à toutes vos notes, à votre sac d'objets-mémoire, et pour la première fois depuis que les symptômes ont commencé à se déclarer vous pouvez baisser la garde et vous sentir chez vous parmi nous. Parce que ici, à Belavista, tout le monde *sait.*

De même que de nombreuses personnes atteintes d'affections similaires à la vôtre, il est possible que vous éprouviez soudain un amour inexplicable pour les arbres. Nous ignorons pourquoi il en va ainsi. Même si vous n'aimiez pas particulièrement les arbres dans votre « vie d'avant », il se peut que vous vous réveilliez un matin en éprouvant une compréhension profonde et nouvelle du platane de Californie qui pousse devant votre fenêtre (à supposer que vous ayez la chance d'avoir une chambre avec vue sur la nature). « Regardez-moi ça », direz-vous peut-être, comme si vous n'aviez jamais vraiment regardé les choses jusque-là. Ou bien avez-vous toujours aimé la nature en théorie et eu envie de faire de la randonnée – vous vouliez emmener les enfants à Muir Woods ! –, hélas vous avez vieilli et vous ne l'avez pas fait. *J'ai oublié !* Et à présent vous êtes là, assise sur votre chaise près de la fenêtre, contemplant avec ferveur et urgence « votre » arbre – la forme de sa cime verte, son ombre noire veloutée, son tronc aux courbes sinueuses, son écorce brune rugueuse. « Regardez, regardez ! » direz-vous. « Vous voyez ? » Vous êtes tombée amoureuse – enfin ! – d'un arbre. Dès votre réveil, chaque matin, vous tirez le rideau pour « vérifier » qu'il est toujours là. Et chaque matin, pour votre plus grande joie et votre émerveillement : il est là. Et chaque soir, avant de vous coucher, vous regardez sa silhouette familière et pourtant mystérieuse une dernière fois. *Il est là !* Vous pourriez passer votre vie entière à examiner cet arbre pensez-vous – et certains jours, vous vous en êtes peut-être aperçue, c'est le cas ! – et cela vous suffirait.

Comprendre la beauté. Une vie bien vécue. Vous aurez entraperçu le sublime.

Si, hélas, vous êtes dans une chambre qui donne sur l'arrière de la boutique UPS, nous serons heureux de vous installer, pour une somme non négligeable, une de nos fenêtres « virtuelles » représentant un panorama d'arbres de la taille et de la forme de votre choix, avec une perspective. Ou si vous souhaitez une version encore plus réaliste, vous envisagerez l'une de nos simulations de verdure les plus prisées : « arbres en temps réel », avec une illusion de profondeur augmentée, qui poussent à un rythme « naturel ». Nous pouvons aussi « recréer » la vue sur votre jardin que vous avez laissée derrière vous. *N'oubliez pas les fils électriques !* À moins que vous ne préfériez la vue sur le plaqueminier de votre mère sur lequel donnait votre chambre d'enfant. Et si vous n'avez pas les moyens de vous offrir une image virtuelle, nous serons plus qu'heureux d'appeler la pépinière Dave et de leur commander une plante en pot.

L'un des moments les plus difficiles de l'année sera pour vous la redoutable semaine des chants de Noël – un festival de chants obligatoire, décrété par la direction, durant lequel on vous fera en permanence la sérénade avec agressivité, et par moments avec mépris (« Ils sont tous *dingues* ») pendant huit, neuf, dix heures par jour. Des accordéonistes aveugles accompagneront vos repas sans interruption. Des duels de chœurs interprétant du gospel auront lieu devant vous, chacun se démenant pour gagner vos oreilles et vous invitant même à vous joindre à eux pour vous amuser. Des meutes de jeunes scouts vous encercleront dans la Grande Salle en hurlant *Jingle bell, jingle bell, jingle bell rock.* « Pas *encore* ! » Notre conseil : asseyez-vous confortablement, détendez-vous et laissez couler la musique. Car rien ne peut rendre plus heureux ces gens que de rentrer chez eux en pensant que grâce à vous, ils ont accompli une bonne action. Et quand le dernier chanteur de Noël aura quitté les lieux, que le brouhaha s'estompera, jamais le fond sonore habituel de Belavista ne vous paraîtra si doux : le petit bip des téléphones qui signale un message, leurs exubérantes sonneries (*C'est pour vous !*), le joyeux vrombissement des néons fous, la voix stridente et pourtant amicale de Jessica, Responsable de l'Amélioration de la Vie, annonçant à l'interphone l'anniversaire d'une personne, d'un mariage, ou simplement que « les Activités sont à présent terminées, il est temps pour vous de regagner vos chambres ».

Il est possible que de temps en temps – au crépuscule, le dimanche soir, au cœur de l'hiver – vous soyez envahie tout à coup par le besoin physique impérieux de rentrer chez vous. Tout ce que vous voulez, pensez-vous, c'est regarder la télévision une dernière fois avec votre mari sur cet horrible canapé marron en mangeant un reste de nouilles sautées froides. Et ça vous suffirait. *Juste une journée ordinaire.* Ensuite, vous dites-vous, vous reviendriez volontiers (parce que alors vous commencerez à comprendre que *cet endroit n'est pas si terrible*). Aussi vous prenez votre sac à main et vos chaussons, vous mettez du rouge à lèvres, et vous vous dirigez vers la sortie de secours au fond du couloir. « Je reviens, à tout de suite », dites-vous à votre Équipe-mémoire, à croire que vous sortez du labo de l'hôpital pour aller manger un morceau. Mais souvenez-vous, vous n'êtes plus au labo. Vous n'y travaillez plus depuis cinquante ans. Vous êtes à Belavista. Belavista est votre dernier arrêt. Le terminus de la ligne. Mais de quelle ligne ? direz-vous. Celle qui a démarré il y a toutes ces années par l'heureux événement de votre naissance. *C'est une fille !* Allons, ne désespérez pas. Bientôt, Belavista sera pour vous comme la maison, et votre Équipe-mémoire deviendra votre « seconde famille ». Bientôt, en fait, vous oublierez complètement votre « première famille », et vous aurez l'impression d'avoir toujours été ici (et il est possible que sur un plan cosmique ce soit vrai). Bientôt, en fait, vous serez chez vous.

La peur surviendra sans doute à des moments inattendus. Vous vous retrouverez, une nuit, incapable de vous endormir, à vous inquiéter qu'il n'y ait plus de Streuselkuchen à la cuisine. Ou que votre mari ait oublié de décongeler le pain de viande. *Il va mourir de faim !* Ou que votre dernier pull, le bleu à torsades avec les deux cerfs bondissants, que vous avez toujours aimé détester – « Mais qu'il est moche ! » –, ne revienne jamais de la blanchisserie. Vous vous ferez peut-être du souci parce que vous avez oublié de tenir un journal (vous auriez dû prendre des notes au cours de toutes ces années).

Parce que votre fille a besoin de chaussures neuves. Ou que votre camarade de chambre, envers laquelle vous éprouvez une affection que vous ne pouvez vous expliquer – « Elle reste allongée là toute la journée à ne *rien* faire » –, est soudain emportée dans la nuit. Vous vous inquiéterez d'être dans la mauvaise chambre. Dans le mauvais lit. Dans la mauvaise vie. Que la vie au-dehors continue exactement comme avant mais sans vous (eh oui). Qu'on ne veuille plus de vous (on veut de vous). Que vous n'alliez pas bien (vous n'allez pas bien). Que vous ne manquiez à personne (vous leur manquez, plus que vous ne le saurez jamais).

À mesure que les jours passeront vous oublierez de plus en plus. Votre terrible enfance pendant la guerre. Les magnifiques jardins de Kyoto. L'odeur de la pluie en avril. Ce que vous venez de manger pour votre petit déjeuner. *De la bouillie Cream of Wheat, avec des saucisses et des toasts.* Cet accident de voiture, il y a quarante-trois ans, qui a coûté la vie à votre cousin Roy. Vous oublierez le jour où vous avez rencontré votre mari. *J'étais certaine qu'il m'aurait quittée au bout d'une semaine.* Le bébé parfait que vous désiriez tellement avoir. L'enfant condamnée que vous avez eue à la place. Et toutes ces longueurs que vous avez nagées jour après jour, année après année, à la piscine. Vous oublierez le mot vélo. Le mot poisson. Le mot pierre. La couleur de l'herbe. *Ça ressemble à frère.* Et à chaque souvenir que vous oublierez, vous vous sentirez un peu plus légère. Bientôt vous serez tout à fait vide, habitée d'absence et, pour la première fois de votre vie, vous serez libre. Vous atteindrez cet état d'esprit auquel aspirent tous ceux qui pratiquent la méditation pleine conscience à travers la planète – vous existerez entièrement, complètement « dans l'instant présent ».

De temps en temps, cependant, vous connaîtrez peut-être un bon jour, voire une bonne semaine. Le brouillard se lèvera. Les souvenirs reviendront. De manière mystérieuse et inexplicable, vos pensées décousues se rassembleront pour former des phrases cohérentes, correctes sur le plan de la syntaxe. *Mais dans la chambre de qui suis-je, en fait ?* Et votre famille – *Alléluia !* – se réjouira. *Les médicaments agissent !* Dans deux ou trois semaines, prédiront-ils, tu seras comme avant. À moins que – ça arrive – vous soyez le cas sur cent mille qu'on a mal diagnostiqué. *Depuis le début, c'est une carence en vitamine D !* Ne vous leurrez pas. Vos « progrès » seront fugaces et temporaires. Votre déclin ne marquera le pas que momentanément. Vous aurez atteint ce qu'ici à Belavista nous appelons un « plateau ». Le lendemain, la semaine suivante, ou quelques minutes plus tard, votre régression cognitive reprendra sa trajectoire déclinante et le brouillard vous envahira à nouveau.

À quoi d'autre faut-il vous attendre ? Avec le temps, votre regard va devenir morne, terne, vitreux, vide et puis, à la fin, absent. Vos os seront plus fragiles, vos cheveux, cassants. Vos dents, si vous les avez encore, vireront au jaune, puis au marron. Elles ne seront brossées qu'une fois de temps en temps. Personne ne se rappellera qu'il faut passer du fil dentaire sous votre bridge. *Toutes ces coûteuses prothèses parties à la poubelle.* Votre voix se fera hésitante. Vos phrases resteront en suspens. Et puis un jour, à un instant que nul ne peut anticiper, pas même votre aide-mémoire qui vous connaît mieux que personne, vous prononcerez votre dernier mot. Ce sera peut-être « Oui », ou « Jus ! ». Ou bien vous vous contenterez de sourire, de cligner trois fois et dans un haussement d'épaules vous ferez : « Euh. » Et voilà, nul ne vous entendra plus jamais. *Elle est perdue,* dirons-nous. Toutefois ce jour-là est encore loin.

« Pourquoi suis-je ici, déjà ? » nous demanderez-vous à l'occasion. Et avec douceur, gentillesse, nous vous le rappellerons. Parce que votre mari a récemment commencé à remarquer que vous « n'étiez plus vous-même ». *Alors qui suis-je donc ?* lui demandiez-vous. Parce que quand le médecin vous a injecté un traceur radioactif votre PETscan s'est illuminé façon sapin de Noël. Parce que votre IRM est revenue marbrée de lésions. Parce que vous vous êtes réveillée un matin et que votre esprit « n'allait pas ». Parce qu'au bout de neuf mois votre famille a enfin reçu un appel téléphonique. *Un lit se libère.* Parce que, comme tout le monde, vous aussi vous avez vieilli. *À ton tour.* Parce que, ainsi que nous vous l'avons déjà dit, vous avez échoué aux tests. *Parce que.*

En signant ci-dessous, vous reconnaissez que vous avez compris, au mieux de vos capacités, tout ce que nous vous avons dit précédemment, et vous acceptez notre règlement et nos conditions. Si vous avez d'autres questions, merci de les noter sur la page blanche attachée et un membre de votre Équipe-mémoire reviendra par-devers vous le plus rapidement possible. Parmi les questions que vous êtes susceptible de poser : Quel jour sommes-nous ? (Voir le tableau : Orientation dans la réalité.) Quel temps fait-il dehors ? (Regardez par la fenêtre.) Qu'est-ce qu'on mange au goûter ? (Du fromage de campagne sur des toasts.) Parmi les questions que vous ne pouvez pas poser : Qui a pris les enfants ? (Personne n'a pris les enfants.) Il n'y a donc rien après ça ? (Question suivante, s'il vous plaît.) Que se passera-t-il quand je partirai d'ici ? (Nous effacerons votre nom de notre base de données.) Et : Que diront-ils de moi lorsque je ne serai plus là ? (« Une nageuse acharnée », « Une piètre conductrice », « Une mère exceptionnelle », « La lumière de ma vie ».)

Nous espérons que vous apprécierez votre séjour parmi nous et nous vous remercions d'avoir choisi Belavista.

EURONEURO

Quel est le premier facteur qui l'a conduite à oublier, te demandes-tu ? Les produits chimiques de la teinture qui, une fois, ont laissé son cuir chevelu rouge pendant deux semaines ? Des particules toxiques dans la laque (Aqua Net) qu'elle a vaporisée deux voire trois fois par jour sur ses cheveux pendant plus de trente ans ? *Retiens ta respiration !* disait-elle en appuyant sur le bouton avant de disparaître dans un nuage de particules blanches et froides. Est-ce le Raid dont elle aspergeait le comptoir de la cuisine à la seconde où elle voyait une fourmi ? Est-ce sporadique ? Génétique ? Une série de mini-AVC ? Y avait-il quelque chose dans l'eau ? Le déodorant aux particules d'aluminium ? Est-ce le manque de sommeil (elle se plaignait des ronflements de ton père depuis les débuts de leur mariage) ? Trop de télévision ? Pas assez de loisirs ? Qui a le temps pour les loisirs ? Aurait-elle dû manger davantage de myrtilles ? Moins de beurre ? Aurait-elle dû lire plus de livres ? Lire au moins un livre (tu ne te souviens pas de l'avoir vue en lire un seul, même s'il y en a toujours eu une pile impressionnante sur sa table de nuit près d'une montagne de chaussettes orphelines, qu'elle avait *l'intention* de lire : *Je vais bien, tu vas bien, Comment parler à votre adolescent ?, Apprenez le français en une semaine*) ? Est-ce le traitement hormonal qu'elle a pris à la ménopause ? L'œstradiol ? Le Provera ? L'hypertension ? Les médicaments pour l'hypertension ? Un problème de thyroïde jamais diagnostiqué ? La dépression profonde et prolongée dans laquelle elle est tombée l'année qui a suivi la mort de sa mère, trois jours avant ses cent un ans ? *Qu'est-ce que je vais faire, maintenant ?* demandait-elle. Est-ce à cause de *toi* ?

Tu l'appelais rarement. Tu n'as jamais eu d'enfant (et, à part au cours d'une brève période de cinq mois dans ta quarante-quatrième année – *trop tard !* – qui a suivi la rupture soudaine et inattendue avec l'homme que tu avais un moment songé à épouser, tu n'en as jamais voulu). Tu es partie très tôt pour emménager dans une ville lointaine dont tu revenais rarement, et quand tu rentrais tu allais directement dans ta chambre (plus tard, la sienne) en fermant doucement la porte, qu'elle ouvrait cinq minutes plus tard, puis à intervalles réguliers de cinq minutes pendant toute la durée de ta visite, courte mais épuisante, pour t'informer des dernières nouvelles : l'époux d'unetelle s'était suicidé en buvant plus de quatre litres de gin dans une chambre du Motel 6 à Ventura, untel venait de faire faillite, unetelle était tombée enceinte par accident pour la première fois à l'âge de quarante-neuf ans (*Donc il y a encore de l'espoir !*), la fille d'une autre avait été sauvée après avoir dérivé pendant deux jours et demi sur un petit canot pneumatique dans l'océan Pacifique en Micronésie (*Elle a survécu en se nourrissant seulement de sirop pour la toux et en buvant de l'eau de pluie !*), et puis laquelle avait un fibrome, un mélanome, des jumeaux, une tumeur, la goutte, laquelle avait fait un tel pétage de plombs qu'elle s'était retrouvée nue sous la pluie, sur le parking de chez Carl's Jr., le poing levé vers le ciel à trois heures du matin, en train de hurler : *Est-ce qu'il y a quelqu'un là-haut ?* Tu la trouvais envahissante. Fascinante. Consternante. Décourageante. *Qu'on lui donne un calmant !* a dit ton ex-mari la première fois qu'il l'a vue.

(À son propos, elle a dit avec justesse le lendemain du jour où il t'a quittée : *Tu le regardais, lui, plus qu'il ne te regardait, toi.*)

Le lendemain du jour où il conduit ta mère au foyer (son dernier), ton père demande à la femme de ménage, Guadalupe, de ne pas changer les draps de son lit à elle. « Attendez la semaine prochaine, s'il vous plaît. » Guadalupe, qui a toujours beaucoup aimé ta mère (celle-ci l'a engagée il y a dix-huit ans, avant qu'elle commence à oublier), et dont la propre mère venait auparavant avec elle tous les lundis matin pour l'aider à faire le ménage jusqu'au jour où on lui a découvert un cancer du sein au stade quatre avec des métastases, à l'âge de quarante-six ans (« Il n'y a pas de stade cinq », t'avait rappelé ta mère), Guadalupe répond : « Oui, Monsieur Paul. Je comprends. » La semaine suivante, il lui demande à nouveau de ne pas faire le lit. Et encore la semaine suivante. Et c'est ainsi que le lit de ta mère (autrefois le tien) demeure en l'état. Un cheveu, encore foncé (Clairol Nice'n Easy, noir naturel), gît sur l'oreiller. Qui garde encore l'empreinte de sa tête parce qu'on ne lui a pas redonné sa forme. Au pied du lit, à moitié cachés, ses vieux chaussons roses (elle a emporté les plus beaux avec elle au foyer).

Les premiers jours, te disent les infirmières, ta mère arpente les couloirs, elle frappe aux portes, regarde dans les placards, sous les lits, appelle ton père. Elle se retrouve toute seule et elle est prise de panique. Au bout d'un moment, néanmoins, elle commence à se calmer. Tous les jours, elle répète la même chose : « Mon mari viendra me chercher demain. »

Au téléphone, ton père te dit que lui aussi il se surprend à la chercher. Chaque fois qu'il passe devant sa chambre, il passe la tête à l'intérieur pour voir si elle est là. Parfois il se réveille en pleine nuit et tapote l'espace à côté de lui « juste pour être sûr », même s'il y a plus de six ans qu'ils ne partagent plus le même lit et qu'il sait pertinemment qu'elle n'est plus là. Parfois, il l'entend qui l'appelle depuis l'autre bout de la maison, ou bien il distingue le bruit feutré de ses chaussons sur la moquette de l'autre côté de la porte de sa chambre. Hier soir, il a cru la voir dans la cuisine, avec son tablier bleu passé, lavant des assiettes sales dans l'évier. Pendant un instant, tout était à sa place. (Mais, tu as envie de lui dire, elle détestait ces assiettes, ce tablier, cet évier. Et puis tu te demandes : Sans ta mère dans la cuisine, qui est-il ? *Un vieil homme dans une maison vide.*)

Tu la trouves sagement assise dans la salle commune près de la fenêtre qui donne sur la rue, observant les enfants qui rentrent de l'école. Ses mains sont poliment croisées, tels deux oiseaux, sur ses genoux. Elle a les ongles propres. Les cheveux peignés à plat sur la tête. Elle paraît calme, peut-être sous tranquillisants. Mais dès qu'elle te voit elle est tellement émue qu'elle est au bord des larmes. « Tu es venue me voir ! » dit-elle. Puis, baissant la voix : « C'est tellement gênant. Je suis si impatiente de monter dans la voiture pour rentrer à la maison. »

Évidemment, il y a eu les signes avant-coureurs que tu as choisi d'ignorer. Le pot de Cold Cream de chez Pond's dans le congélateur. Le riz plusieurs fois brûlé. La casserole d'eau laissée à bouillir sans surveillance sur la cuisinière (et en guise d'accompagnement les morceaux d'œufs brûlés qui ont explosé et que ton père a dû patiemment gratter sur le plafond). Ce sourire aux anges. La fraction de seconde supplémentaire – si brève qu'elle en était à peine décelable, mais à partir de cet instant tu as su que tu n'existais plus – qu'il lui fallait pour reconnaître ta voix quand tu téléphonais. La pile de cartes de Noël à demi rédigées que tu as trouvées, éparses, sur la table, le 26 décembre – *Encore une année écoulée !* écrit sur chacune d'entre elles, mais elle n'était pas allée plus loin – et les coups de fil qui ont commencé ce jour-là, et le suivant, et la semaine d'après et tout le mois de janvier : « Alice, tu vas bien ? » « Je voulais juste savoir si tu étais encore en vie. » « Tout va bien ? » Oui, oui, disait ta mère, elle allait bien, tout allait bien, elle était simplement un peu... *fatiguée.* Même si à ce stade elle avait cessé de cuisiner. Elle avait cessé de faire les courses. De nager. De mettre ses vêtements à laver, et chaque soir elle les posait sur le dossier d'un fauteuil rose passé, bientôt submergé, invisible. Et, un jour, tu as remarqué qu'elle avait cessé de nettoyer ses lunettes. Les verres étaient constellés de traces de doigts sales. La monture était tordue, bancale. Mais comment faisait-elle pour y voir quelque chose ? lui as-tu demandé. Suivi par – tu n'as pas pu te retenir – *Tu as l'air d'une folle !*

Mais tu ne savais pas. Comment l'aurais-tu deviné ? Parce que, pendant très longtemps, elle est demeurée capable de calculer le pourboire pour le service au restaurant chinois – Fu Yuan Low – où elle allait avec ton père, au centre commercial, tous les dimanches soir à dix-huit heures (20 % en arrondissant au dollar le plus proche, et 25 % si c'était Fay, leur serveuse préférée). Elle se rappelait encore la date de ton anniversaire. La date de l'anniversaire de ton frère. Et celle de ton autre frère, qui, à plus de trente-neuf ans (le *petit*), lui, ne se rappelait jamais la date d'anniversaire de qui que ce soit en dehors de la sienne. Elle se souvenait du code de son premier antivol de vélo. *Six, quinze, trente-neuf.* De la plaque d'immatriculation de la Ford d'occasion de 1949 qu'elle avait achetée en 1954 pour cinq cents dollars – *une fortune* – lorsqu'elle avait touché son premier chèque de l'hôpital. Elle se souvenait de l'adresse du nouveau médecin qu'elle était allée consulter le matin même avec ton père, elle se souvenait de l'étage où se trouvait le cabinet, du numéro de téléphone du cabinet, du nom de la réceptionniste, de ce que portait la réceptionniste (*Elle avait l'air d'une clocharde !*). Tout cela, elle s'en souvenait.

Alors quelle importance si elle arrosait l'orchidée préférée de ton père quatre ou cinq fois par jour, causant sa mort soudaine et prématurée ainsi qu'une petite inondation – une flaque en vérité – sur la table en acajou de la salle à manger ? *On en achètera une autre,* avait dit ton père. (Est-ce qu'il parlait de la plante ou de la table ? Tu ne te le rappelles plus. Les deux, sans doute !) Quelle importance si elle insistait pour suivre ses propres règles en conduisant ? *Je tourne au rouge, quoi qu'il arrive !* Quelle importance si elle te demandait trois fois en l'espace d'un quart d'heure si tu avais besoin d'autres sous-vêtements (elle pensait toujours à toi) ou racontait cinq fois de suite la même histoire (*La fille des Kawahashi s'est mariée avec un mormon !*) ou épelait mal ton nom ? Une voyelle ou deux en plus, qu'est-ce que ça changeait ? Une consonne égarée ?

Le nouveau médecin a dit que ce n'était pas Alzheimer. Si c'était le cas, elle ne se rappellerait pas avoir fait les courses chez Costco la semaine précédente avec ton père, ni le déjeuner à venir à Olive Garden avec son amie Jane (« J'ai tellement hâte ! »). Il s'agissait de démence fronto-temporale. DFT. Exemples de symptômes : changement graduel de la personnalité, comportements inappropriés en public, apathie, prise de poids, perte des inhibitions, désir accru de garder des objets. Quand ton père a demandé quel était le pronostic, le nouveau médecin – un ancien prodige au violon venu d'Israël qui avait la réputation d'être « parmi les meilleurs » – a croisé les mains sur son bureau et soupiré. C'était irréversible, a-t-il dit. Atrophie du lobe frontal. « Ravel en a souffert. »

Pendant des années, elle avait vécu dans l'anticipation du Big One, le grand tremblement de terre. Chaque soir avant d'aller se coucher, elle vérifiait que toutes les protections antisismiques étaient en place sur les portes de tous les placards. *Mes assiettes !* Elle stockait des provisions dans l'arrière-cuisine : conserves de minestrone, d'épinards à la crème, de viande de porc Spam, sacs de galettes de riz senbei, bocaux miniatures de noix de macadamia Mauna Loa, sa nourriture de choix en cas de catastrophe. Parce qu'on ne sait jamais. Il faut se tenir prêt ! Les calamités pouvaient frapper à toute heure du jour et de la nuit (la voiture devant vous qui donne un coup de volant au dernier moment, la porte à laquelle on frappe au petit jour : *Ouvrez !*). Et maintenant, le Big One.

Elle a commencé à mettre des kleenex dans son soutien-gorge tous les matins pour qu'on ne devine pas ses tétons. Elle insistait pour boire son café dans le même gobelet en polystyrène sale jour après jour. Elle faisait une fixation sur les camions (ils étaient horribles), les infos à la télévision (il n'y avait plus jamais de *bonnes nouvelles*), les enfants turbulents au restaurant (tout ça, c'était la faute des parents), les feux rouges (elle les détestait), les voitures de police (on devrait les *interdire*). Quand sa cousine Harriet l'a emmenée passer le week-end sur Catalina Island, les statues de bisons peintes dans la rue principale d'Avalon l'ont rendue folle. « Elles sont *affreuses* ! » Au supermarché, chaque fois qu'elle voyait une personne qui lui ressemblait – petite, âgée, les cheveux noirs, les yeux bridés –, elle fonçait droit vers elle et lui demandait : « Excusez-moi mais, on se connaît ? » En général la personne en question la regardait en répétant : « On se connaît ? » Mais la conversation n'allait pas plus loin.

Et toujours, le désir d'être avec « les siens ».

La femme derrière le rideau est vietnamienne. Elle a un beau visage sans rides. Des cheveux d'un noir de jais. Elle ne quitte jamais son lit. Ne reçoit aucune visite. Ne dit jamais rien. La plupart du temps, elle dort. « Elle a quatre-vingt-treize ans », te dit l'infirmière. « Je ne crois pas qu'elle tiendra le coup », déclare ta mère. Elle prend deux comprimés dans un minuscule gobelet en papier et les avale. « Quand j'irai mieux, on ira faire du shopping chez Nordstrom. Je t'achèterai une nouvelle robe », te dit-elle. Dehors, sur le parking, une jeune femme supplie son enfant de sortir de la voiture. Ta mère tape des petits coups sur la vitre puis elle se tourne vers toi. « Tu savais que je t'avais allaitée ? »

Cinq jours par semaine pendant quatre ans elle est allée voir sa propre mère dans le même Ehpad. Elle lui passait du fil dentaire. Elle lui brossait les cheveux. Lui coupait les ongles. Lui frictionnait les jambes, les pieds, jusqu'entre les orteils, avec une lotion d'aloe vera fortifiée à la vitamine E. Elle lui lisait la rubrique nécrologique de *Rafu Shimpo.* « Mrs Matsue est décédée des complications d'un AVC ! » Et tous les vendredis, sans faute, elle lui apportait des petits gâteaux manju à base de haricots rouges – ses préférés – de la pâtisserie Fugetsu-Do. « Elle prenait tellement bien soin d'elle, nous n'avions plus rien à faire », te raconte l'une des employées.

Pas une seule fois tu n'as invité ta mère à te rendre visite depuis toutes ces années que tu es partie. Jamais tu ne lui as écrit. Jamais tu ne l'as appelée pour lui souhaiter un joyeux anniversaire. Jamais tu ne l'as emmenée à Paris, Venise ou Rome, tous ces endroits qu'elle rêvait de voir un jour – *Quand ton père sera à la retraite,* disait-elle, et puis, en fin d'année dernière, lorsqu'il a enfin pris sa retraite, il était *trop fatigué* – et où tu es allée toi-même non pas une mais plusieurs fois, pour un mariage, un voyage de noces, un festival littéraire, une remise de prix, pour la première d'une pièce de théâtre en français basée sur ton deuxième roman, lui-même fondé sur les années les plus difficiles et les plus douloureuses de sa vie à elle (elle, en revanche, a emmené sa mère, âgée de quatre-vingt-un ans, faire un voyage à la saison des couleurs pour admirer les arbres en Nouvelle-Angleterre, l'année où tu es partie faire tes études: elle a acheté les billets d'avion, loué une voiture, réservé des motels, planifié son itinéraire à travers trois États différents, juste au moment où les feuilles commençaient à changer de couleur, et elle a conduit tout du long – alors même qu'elle n'était jamais allée plus à l'est que la rivière San Joaquin, excepté durant les trois années de guerre). Elle t'a demandé pourquoi vous n'étiez pas plus proches et tu as répondu que tu ne savais pas. Tu as refermé la porte. Tu lui as tourné le dos. Tu es devenue silencieuse, immobile, comme un animal. Tu lui as brisé le cœur. Et tu as écrit.

Et maintenant, à présent que tu es enfin de retour, c'est *trop tard* (ton amie Carolyn a emmené sa mère faire une croisière de deux semaines en Alaska et elle a dit que c'était *la meilleure chose qu'elle ait faite de toute sa vie*).

À travers la porte ouverte tu la vois penchée sur une table ronde en formica dans la salle d'activité, en compagnie d'autres résidents, elle dessine la silhouette d'un lapin sur une assiette en carton. Au-dessus d'elle, sur le mur, la télévision hurle. Tu arrives derrière elle et lui tapotes l'épaule, elle s'arrête et te regarde. « Une enfant de cinq ans pourrait faire ça ! » dit-elle. Et puis elle se remet à dessiner. Quelques secondes plus tard, elle s'interrompt à nouveau. « Tu as les cheveux trop secs », dit-elle. Et puis : « Où est ton père ? »

Chaque fois que le téléphone sonne et qu'on demande ta mère ou la maîtresse de maison, ton père dit qu'elle ne peut pas répondre pour l'instant, ce qui est vrai. Puis il propose de prendre un message, qu'il note de son écriture illisible dans le carnet rouge à spirales qu'il laisse près du grille-pain sur le comptoir de la cuisine. *Appeler la dentiste pour ton prochain détartrage !* Ou bien il explique à son interlocutrice que ta mère est sortie, ce qui est également vrai, même s'il omet une partie de l'information en ne disant pas qu'elle est partie *pour de bon.* Parfois, il décroche à la première sonnerie, terrifié à l'idée que ce soit l'Ehpad car un drame s'est produit – ta mère est tombée dans la douche et s'est cassé la hanche, elle s'est étouffée en mangeant son déjeuner, elle est hystérique, en larmes, elle veut rentrer à la maison (*J'ai promis que je saurais me tenir !*) –, mais de plus en plus souvent, il laisse sonner jusqu'à ce que le répondeur se déclenche et que sa voix à elle résonne : *Nous sommes désolés mais nous ne pouvons pas répondre actuellement au téléphone...* Une autre raison pour laquelle il n'aime pas prendre les appels : son accent (*Harrô ?*), chose que tu ignorais complètement (*Férricitations !*) jusqu'au jour où tu as invité une copine d'école à la maison (pourquoi ton père t'a donné un nom qu'il n'arrive même pas à prononcer ? a-t-elle demandé). La moitié du temps, la personne qui appelle n'a aucune idée de ce que dit ton père, et une fois sur dix elle raccroche. C'était toujours ta mère (pas d'accent étranger) qui répondait au téléphone.

Quand il était petit, ton père t'a raconté qu'il possédait un couple d'oiseaux (il ne se rappelle pas leur nom en anglais) dans une cage en bambou près du poêle. C'était il y a bien des années, dans le minuscule village des montagnes, au Japon. Les oiseaux chantaient du matin au soir, et une fois de temps en temps l'un des deux pondait un œuf moucheté parfait. Un jour, l'un des oiseaux mourut – il ne savait pas lequel, ils étaient totalement identiques. L'autre cessa de manger et devint tout maigre. La maison était plongée dans le silence. Ton père installa la cage près de la fenêtre, pour que l'oiseau entende ses congénères gazouiller au-dehors, malgré tout celui-ci refusait toujours de s'alimenter. Jour après jour, il demeurait posé sur son perchoir, la tête baissée, et maigrissait de plus en plus, sans doute en attendant la mort. Un matin, ton père s'éveilla en entendant l'oiseau chanter à nouveau. Sa mère avait installé un petit miroir à l'intérieur de la cage, et à présent l'oiseau se tenait droit sur son perchoir, et chantait pour son reflet. Il recommença à se nourrir et vécut neuf années de plus.

Que voyait l'oiseau dans le miroir ? te demandes-tu à présent. Sa compagne morte, ou son propre reflet ? Ou était-ce la même chose ? (La première fois où ton père t'avait raconté cette histoire, ta réaction avait été très différente. « Il est bête, cet oiseau ! » avais-tu dit. Tu avais huit ans.)

Saint-Valentin. En allant voir ta mère, ton père s'arrête au supermarché pour lui acheter une douzaine de roses rouges (chose qu'il ne faisait jamais « avant »). Quand vous entrez dans la chambre, elle le regarde puis se détourne. Toi, elle ne te regarde pas du tout. « Vous savez qui est ce monsieur ? » lui demande l'infirmière. « Bien sûr, c'est mon mari, répond ta mère. Ne vous laissez pas berner par son sourire. » Au moment où ton père sort pour aller chercher un vase, ta mère se penche vers toi et chuchote : « Il vieillit. »

Elle regarde souvent ses mains désormais, et au début tu ne comprends pas pourquoi. Et puis, un jour : « Où est mon alliance ? » (Derrière la boîte de mouchoirs, dans le tiroir du haut de la table de nuit de ton père.)

Naguère, elle entretenait des espoirs extravagants. Elle voulait des bébés parfaits avec des cheveux noirs et raides, et une jolie maison avec une cheminée et un grand jardin où les enfants puissent courir et jouer. Après deux essais, dont un désastreux (les artères dans le cœur du bébé étaient inversées), mais pas l'autre, elle a eu le bébé parfait (toi), suivi de deux autres (« les garçons », chacun parfait à sa manière), elle a eu la jolie maison (mais pas l'immense terrain), elle a eu la cheminée (avec une rampe de gaz confortable), et un jardin suffisant (balançoire, cerisier, étang en brique avec des carpes koï). À présent, tout ce qu'elle veut, c'est monter en voiture avec ton père. « Ce serait chouette d'aller faire une promenade en voiture et c'est moi qui décide où on va ? lui demande-t-elle alors qu'il se prépare à partir. Je te servirais de guide. »

Le lendemain, elle dit à l'infirmière : « Après la ménopause, le sexe, c'est terminé. »

Souvenir d'autrefois. Du grand ménage de printemps. Tu l'aides à trier le contenu de ses tiroirs et à se débarrasser des choses dont elle n'a plus besoin : un vieux corset aux baleines métalliques tordues et rouillées, une brosse à cheveux Flair crasseuse dont la moitié des poils manque (tu as exactement la même brosse sale, dans le même état de délabrement, dont tu n'arrives pas à te débarrasser – elle te l'a achetée un après-midi, il y a trente-cinq ans, à la dame de chez Avon qui en vendait au porte-à-porte), une ceinture abdominale en latex, une montre en plastique Minnie Mouse cassée, un truc – une bouillotte ? un sac à lavement ? – que tu ne parviens pas à identifier (« C'est un sac à lavement ! » crie ton père depuis l'autre bout de la pièce), une petite boîte en plastique ronde, dans laquelle tu découvres un diaphragme. Tu le lui tends : « On garde ou on jette ? » *Si je tombe à nouveau enceinte, je hurle !* répond-elle. Du fond de son armoire, tu sors une vieille blouse de laboratoire de l'hôpital Alta Bates. *Jette-la !* Une veste chinoise en soie rouge avec des fleurs brodées bleues et rouges, que lui a donnée son amie de la piscine,

Mrs Fong. *C'est moche! Jette-la!* Une paire d'escarpins ouverts au bout, les talons réduits à l'état de moignons. *À la poubelle!* Le blazer bleu à fines rayures qu'elle a acheté chez I. Magnin la semaine précédant la remise de ton diplôme à l'université. *Je ne le porterai plus jamais!* Un chemisier bon marché en polyester qu'elle a acheté en solde chez Mervyn il y a une éternité, et qui porte encore son étiquette (DEUXIÈME DÉMARQUE : – 50 %). *Mets-le de côté, j'en aurai peut-être besoin un jour quand je serai à l'Ehpad.* Sur ce, elle éclate de rire. Et toi aussi. Parce que c'est une blague! Elle ne le pensait pas. Elle voulait *simplement rigoler.*

Aujourd'hui, lorsque tu lui rends visite, elle porte le chemisier en polyester de chez Mervyn et un pantalon élastique vert foncé que tu ne reconnais pas (« propriété de l'établissement », apprends-tu plus tard). Les infirmières lui ont brossé les cheveux et mis un peu de rouge aux joues. « Je t'attendais », dit-elle. À côté d'elle, sur le lit, une taie d'oreiller remplie de ses vêtements. « Ils me renvoient à la maison aujourd'hui. » De l'autre côté du rideau de séparation à moitié tiré, la Vietnamienne ronfle doucement, bouche grande ouverte, un bras d'une maigreur alarmante posé n'importe comment sur les draps dans une position bizarre, à croire qu'elle est tombée du ciel. « J'aimerais bien qu'elle se réveille », dit ta mère. Tu commences à retirer les vêtements un par un de la taie d'oreiller et à les ranger dans ses tiroirs. « Attends, dit-elle, je vais t'aider. » Et elle te montre comment plier correctement un chemisier.

Ton père se raccroche à de petites choses. Lorsqu'elle écrit son nom (pour la dernière fois, en fait), il faut fêter ça. Au moins, dit-il, elle sait encore écrire. Au moins, elle sait encore lire. Au moins, elle sait encore lire l'heure. Au moins, elle sait encore se nourrir. Au moins, elle sait encore qui il est. Au moins, elle sait encore qui *elle* est en découvrant son visage dans le miroir de la salle de bains (petite maligne !). Le jour où il découvre un article dans *Scientific American* au sujet d'un médicament qui arrête la prolifération d'un dépôt protéinique anormal dans les cellules du cerveau de souris âgées, il bout d'impatience de t'en parler. « Ils vont trouver un remède ! »

Tu as toujours cru qu'elle vivrait indéfiniment. Elle n'était jamais malade. Ne se plaignait jamais. Ne s'est jamais rien cassé. D'aussi loin que tu t'en souviennes, elle était « forte comme un bœuf ». Capable d'ouvrir n'importe quel bocal, de retirer n'importe quel bouchon, de fermer toutes les valises (*Attends, laisse-moi faire !*). Elle avait de bonnes voûtes plantaires. Des jambes fabuleuses (sa cousine t'a dit un jour qu'au dancing elle la reconnaissait toujours à ses jambes). Elle avait le visage lisse et sans tache. Pendant des années, pas la moindre ride. Quand vous alliez au restaurant, les gens faisaient toujours compliment à ton père pour ses quatre beaux enfants. Ils prenaient ta mère pour ta grande sœur (celle que tu aurais dû avoir).

Chaque année pour Halloween, ton frère se déguisait en elle. Une large jupe caniche à jupon. Le cardigan en cachemire à perles et faux boutons de nacre. Le rouge à lèvres bien rose. Les bas nylon (Lively Lady, imitation peau nue). Les escarpins bleu marine remplis de papier journal pour combler le vide autour de ses pieds minuscules. C'était un enfant d'une beauté exceptionnelle. Encore plus beau que sa mère. Plus beau que toi ! Il avait d'immenses yeux noirs et une masse de cheveux foncés bouclés – *Tu as dû faire une escapade avec le laitier !* disaient parfois les gens à ta mère – qu'il aimait porter longs. Tout le monde le prenait pour une fille. Et soudain, on entendait sa voix de petit garçon : « *Bouh !* » Toi, au contraire, tu ressemblais davantage à ton père. Des lèvres minces et étroites. Un front haut. Des mains carrées de travailleur manuel. Chaque année pour Halloween, tu te déguisais en tortue.

Ton père sillonne seul la ville à présent au volant de sa vieille Buick marron. Il va à la station-service, chez le coiffeur, au supermarché, descend la colline jusqu'à l'Ehpad pour rendre visite à ta mère, avec son veston RÉSERVÉ AUX MEMBRES. Sa voiture à elle, la bleue, il la sort une fois par semaine pour faire tourner un peu le moteur. Parfois, les voisins sont surpris de le voir au volant. *Où est Alice ?*

Peu à peu, elle commence à disparaître. Elle perd ses cheveux sur le dessus de la tête et sa bouche est à présent légèrement tordue. Mais à la minute où tu entres dans la cantine – une mer de vieilles dames, avec de temps en temps un vieux monsieur égaré au milieu d'elles, l'air hagardes et seules (*Il y a dix minutes je courais dans l'herbe !*) – son regard s'allume et tu lui adresses un grand sourire. Quand tu arrives à sa table, pourtant, tu t'aperçois que tu souriais à une inconnue. Pas la bonne mère. *Pas la tienne !* Ta mère à toi est assise à la table suivante, elle mange tranquillement son déjeuner sur un plateau d'un jaune passé en plastique à renfort de verre. Elle mange toujours avec élégance, montant et baissant lentement la fourchette jusqu'à sa bouche, prenant son temps entre chaque bouchée, en mastiquant bien, avec soin, et s'essuie de temps à autre les commissures des lèvres avec une serviette en papier blanche pour chasser une miette égarée. Pas besoin de se presser. Elle avale une gorgée de lait grâce à une paille rayée (tu ne te souviens pas de l'avoir jamais vue boire du lait auparavant), et puis elle te regarde. « Es-tu encore vierge ? »

La nuit ton père dort toujours de « son » côté du lit. De l'autre côté, les draps restent lisses, intacts, le couvre-lit tendu. Les magazines commencent à s'entasser sur la commode. *Reader's Digest, Oprah, Better Homes & Gardens, Family Circle.* Des courriers jamais ouverts du *Harvard Women's Health Watch* avec leur lettre de diffusion jonchent son bureau. Il décide de commander la boîte à archives spéciale en plastique pour y rassembler les lettres de diffusion. Quatre-vingt-quinze cents la pièce. Il en commande six et commence à y ranger toutes les lettres de diffusion du *Harvard Women's Health*

Watch (ta mère les a toutes conservées), que personne ne lira jamais.

Les post-it jaunes sont toujours disséminés à travers la maison. Sur le réfrigérateur, dans la cuisine : *N'oublie pas de prendre tes médicaments.* Au-dessus du téléphone : *Ne donne jamais ton numéro de carte bancaire.* Sur le miroir de la salle de bains : *As-tu bien fermé le robinet ?* Sur le miroir de sa chambre : *Lève le menton !* Posé face contre la table de nuit près de son lit, son vieil agenda semainier, dans lequel elle a écrit la même chose jour après jour, semaine après semaine, de sa minuscule écriture de dame : *Ne raye pas demain !* (Elle ne l'a jamais fait). Ton père range l'agenda dans le tiroir de son bureau. Il met au sale la chemise de nuit – enfin, après plusieurs mois. Mais il laisse les post-it. Au cas où elle irait mieux et qu'ils décident de la renvoyer chez elle. « Je ne voudrais pas qu'elle soit déboussolée. »

Le lendemain de la mort de sa mère, la tienne s'est installée dans son fauteuil inclinable dans la « pièce familiale » et n'a plus voulu se relever. Elle avait le moral à zéro. Elle était déprimée. En rage. Elle avait laissé tomber sa mère. Tout était de sa faute à elle ! Mais, lui a rappelé ton père, elle avait *cent un ans.* « Juste cent », a corrigé ta mère. Elle aurait dû utiliser davantage son déambulateur. Suivre ce cours d'exercices de mémoire. Aller jouer au badminton avec des ballons (de baudruche). S'inscrire aux sessions de yoga en fauteuil. Et puis de ressasser : *Mais comment cela a-t-il pu arriver ?*

Trois semaines plus tard, ton père t'a appelée pour te confier son inquiétude. « Ta mère reste assise toute la journée dans ce fauteuil à regarder la télé en mangeant des petits gâteaux. » Pourtant, il devait bien l'admettre, elle avait connu des années difficiles, à rendre visite à sa propre mère cinq fois par semaine à l'Ehpad. Comment lui en vouloir d'avoir besoin de repos ? Il lui laissait un an pour « reprendre ses esprits », alors il lui « donnerait un petit coup de coude », mais l'anniversaire de la mort de ta grand-mère est passé, et ta mère est demeurée dans son fauteuil.

Autre souvenir d'avant : ta mère, assise sur le bord de son lit, tête baissée, mains ballantes entre ses jambes, épaules relâchées. Naufrage complet. « Qu'est-ce qui ne va pas ? » l'interroges-tu. Ta mère, qui s'est toujours habillée avec élégance, s'épilait les sourcils, se maquillait à la perfection, « jamais un cheveu qui dépasse ». Ta mère, qui te préparait (tous les matins, avant de partir à l'école, elle attachait cette barrette dans tes cheveux « comme il faut »), faisait les boutiques pour toi (*Essaie un peu ça !*), enfilait le fil dans la bobine de sa vieille machine à coudre noire Singer et veillait tard dans la nuit pour te confectionner des vêtements (des chemisiers en vichy, des chemises style western avec des poches aux coutures apparentes et le classique double empiècement, ta première jupe portefeuille, une robe qui t'arrivait à mi-mollet, au col en V – échancré mais pas trop quand même ! – et des manches bouffantes fermées par un cordon, et puis un dos-nu avec une bande plissée passant sur la nuque), ta mère ne sait plus comment mettre son pantalon. *Qu'est-ce que je fais de la fermeture éclair ?* te demande-t-elle.

C'est peut-être là que tout a commencé.

Son premier Noël à l'Ehpad. Tu lui apportes les cadeaux que ton père et toi avez passé la soirée de la veille à emballer sur la table de la cuisine en écoutant Mahalia Jackson (sa préférée) à la radio. Tu lui demandes si elle préfère ouvrir d'abord les cadeaux de ton père, mais elle dit : « Non. » Alors tu lui donnes l'un des tiens, une petite boîte qui contient une libellule porte-bonheur. Elle tend la boîte à l'infirmière. « Vous voyez ? dit-elle. Voilà combien elle m'aime. Elle me fait des tout petits cadeaux. » Puis elle ouvre les cadeaux de ton père – cinq paires de chaussettes, un pull à motifs losanges style Burlington, un beau peignoir en éponge, des pantoufles en laine à fine semelle de cuir, un bocal de noix en tout genre –, elle déclare : « Il me fait tous ces cadeaux parce qu'il veut rester dans mes bonnes grâces. » Le samedi suivant, tu lui téléphones et tu lui rappelles que ton père doit passer la voir un peu plus tard dans l'après-midi. « Je ne crois pas que je lui manque », dit-elle.

Une nuit, il y a plusieurs années, quand tes parents partageaient encore le même lit, ton père ronflait si fort – « On aurait dit un lion ! » – que ta mère s'est levée pour aller dormir dans ta chambre à toi. Au bout d'un moment, elle est revenue. « Je me sentais seule. » La nuit suivante, elle est retournée dans ta chambre, mais cette fois elle a dormi toute la nuit jusqu'au matin. Ensuite, il ne lui a plus été possible de revenir en arrière. *On s'habitue à tout.*

Tu ne te souviens pas d'avoir vu tes parents se toucher. Tu ne les as jamais vus s'embrasser. Ni se tenir la main. Tu n'as jamais observé le moindre geste de tendresse entre eux. Pourtant, lorsque ton père a commencé à avoir des problèmes d'infection urinaire, il est allé consulter un urologue avec ta mère pour comprendre d'où venaient les infections, le médecin est rapidement sorti de la salle d'examen en refermant doucement la porte derrière lui et, un moment plus tard, il est revenu en trombe en affichant un énorme sourire et il a déclaré : « C'est le sexe ! » (*Bouuuh !*) Chaque fois que ta mère te racontait cette histoire, et cela arrivait souvent, elle éclatait de rire.

C'est la première anecdote qu'elle s'est mise à répéter.

Il y avait aussi l'histoire de Mrs Mrozek, qui était censée aller chercher ton petit frère âgé de trois ans à l'école maternelle, Little Red Nursery School, au pied de la colline, et l'avait oublié (un officier de police l'avait retrouvé à plus d'un kilomètre et demi, marchant seul le long d'une rue très passante pour rentrer à la maison). À l'époque, ton autre frère, l'avocat, a poursuivi son patron à elle, le Dr Nomura, qui avait essayé de lui voler son plan d'épargne retraite par capitalisation («Je lui ai dit: "Mon fils va vous traîner en justice!"»). Et puis bien sûr, il y avait toutes les histoires des camps. Les tours de surveillance. Les serpents à sonnettes. Les clôtures de barbelés. Comment sa propre mère avait tué toutes les poules la veille du jour où ils avaient dû faire leurs valises et quitter la maison. «Elle leur a rompu le cou l'une après l'autre avec un manche à balai», racontait ta mère à toi. Elle terminait invariablement l'histoire de la même manière à la dixième, la cinquantième, la centième fois: «Quel bazar!»

La photo de sa mère à elle trône toujours sur le vaisselier de la salle à manger. Naguère ton père la regardait en disant: *Pourquoi n'avez-vous pas appris à cuisiner à votre fille?* (Excepté le riz, ta mère cuisinait «américain»: pains de viande, thon, macaronis au gratin, bœuf Stroganoff avec de la crème et de la soupe de champignons Campbell.) Chaque fois que ta mère hurlait sur ton père, t'a-t-elle raconté un jour, en riant, ton père désignait la photo et disait: *Elle voit tout!*

Un après-midi, ta mère venait de s'installer dans son fauteuil, et quand ton père s'est réveillé après une petite sieste, il s'est aperçu qu'elle avait disparu. Il a regardé dans le jardin derrière la maison, devant la maison, et même dans le petit abri de jardin où il range ses outils, mais elle n'était nulle part. Il a couru dehors en criant son nom, sans réponse. En rentrant à la maison, il a ouvert la porte du garage et il l'a trouvée assise dans la Buick marron, côté passagère, attendant pour partir en promenade. Elle avait mis du rouge à lèvres, ses chaussures « d'extérieur » et son sac était sagement posé sur ses genoux. « Où étais-tu passé ? » lui a-t-elle demandé.

Aujourd'hui, pour la première fois, la dame vietnamienne a les yeux grands ouverts. Elle te suit du regard quand tu traverses la pièce et tapote sa poitrine. « Pas anglais », dit-elle. Puis elle sourit – elle a des dents parfaites, d'un blanc éclatant, et ses yeux sont des orbes noirs dansants. « Toi, fille ? » demande-t-elle.

Plus tard, ta mère dit : « Est-ce que toutes les choses n'avaient pas un nom autrefois ? »

Ton père passe le temps comme il peut. Il lit le journal de la première à la dernière page. Il apprend à jouer au sudoku et très vite le maîtrise. Il assiste à une éclipse de Soleil à travers un trou minuscule pratiqué dans une boîte en carton. En avril, il fait sa déclaration de revenus. Il plante de nouveaux arbres le long de la clôture mitoyenne du jardin voisin (toujours cette obsession de protéger sa vie privée). Il présente ses excuses au rhododendron mourant (« Même un ver de deux centimètres, t'a-t-il dit un jour, possède une âme d'un centimètre de long »), puis l'abat d'un coup. Il tente sans trop y croire de débarrasser – enfin, après plus de trente ans ! – *le garage.* Il achète un podomètre et se met à la marche. Un demi-kilomètre. Un kilomètre. Deux kilomètres. Et puis un jour il décide de créer une rocaille devant la fenêtre de la chambre de ta mère. Il commande trois sacs de gravier blanc à la jardinerie Overlook et utilise un système de leviers, de poulies et de cordes attachées à la barrière en son point le plus solide et le plus stable (avant, il enseignait les maths à l'université, il a une formation d'ingénieur), pour hisser trois gros rochers blancs hors du petit ravin derrière la maison. Il prend son temps – deux ou trois jours – déplace encore et encore les rochers jusqu'à ce qu'ils soient « parfaits ». Quelle est sa logique, comment détermine-t-il les espaces entre les rochers et la configuration idéale, tu n'en as aucune idée (« Comparé à la maman, le papa, c'est un peu un étranger », a dit un jour la fille de ton amie Anne, à l'âge de huit ans). Il fait une photo au Polaroid de la rocaille et l'apporte à ta mère, à l'Ehpad, pour lui montrer. « Tu as tué les plantes ? » lui demande-t-elle.

Lorsque tu reviens d'un court voyage à l'étranger – une conférence d'écrivains, pendant dix jours, dans le sud de la Lombardie –, ton père t'apprend qu'elle a du mal à marcher à cause de son pied gauche. Ils l'ont mise dans un fauteuil roulant, dit-il, pour éviter qu'elle tombe. Au bout d'une semaine, ses jambes sont devenues fines comme des brindilles. Et puis elle est beaucoup plus calme. Elle ne sourit plus. C'est ça qui inquiète le plus ton père.

Tu entres dans sa chambre, elle est assise dans son fauteuil roulant près de la fenêtre, un petit miroir rond à la main (quand tu étais petite, tous les matins, tu l'observais « se faire belle » devant le miroir de la salle de bains). « Ma mère n'était jamais contente », dit-elle. Tu lui prends la glace et la poses à l'envers sur le lit. Elle a le menton qui tremble, et ses mains sont glacées. Tu les prends entre les tiennes pour les réchauffer, elle se renfonce dans son fauteuil et ferme les yeux. « Merci », dit-elle. Puis elle se redresse et rouvre les yeux. « Après ton départ, demande-t-elle, qui va éteindre la lumière ? »

Quand tu étais petite et que tu te sentais triste, elle te disait : « Regarde dans le miroir et souris. » D'autres choses qu'elle avait l'habitude de te répéter : « Si quelqu'un veut jouer avec toi, dis toujours oui » (ce que tu faisais la plupart du temps), « Ne rends jamais visite à des gens sans leur apporter quelque chose » (parfois tu oublies), « Coupe toujours les carottes en diagonale » (tu le fais encore), « Si tu te maries encore une fois sans m'en parler, tu seras dans de beaux draps ! » (tu t'es enfuie avec ton premier mari, un ancien moine zen, deux semaines après l'avoir rencontré lors d'une retraite silencieuse de six jours dans les monts Catskills). Et au sujet des hommes en général : « Il faut faire semblant de les prendre au sérieux » et « Tout ne tourne pas toujours autour de toi ! ».

Petits gestes. Toujours, ce réflexe de se montrer gentille. Au déjeuner, lorsque la femme dans le fauteuil roulant voisin se met à pleurer, ta mère lui tapote la main. « Il ne faut pas pleurer », dit-elle.

Lors de ta visite suivante, la dame vietnamienne n'est plus là. Son lit a été défait et désinfecté. Ses possessions – ses rares affaires – rangées avec soin dans un grand sac-poubelle en plastique noir. Elle est morte dans son sommeil, te dit une aide-soignante. À la fin de la journée, une femme *hakujin* plus jeune, Sarah, a pris sa place. Elle a moins de soixante ans, est bien habillée, les ongles manucurés, et elle affiche un grand sourire amical. Si tu la croisais au supermarché en train de pousser son caddie, tu ne la remarquerais pas. Pourtant, son vocabulaire se compose d'un seul mot, tragique : « bronzé ». « Où est mon amie ? » demande ta mère. Et pendant tout le reste de la visite, elle ne dit plus rien.

Elle demande si peu à présent. Et quoi que tu fasses pour elle – redresser ses lunettes, lui ouvrir une brique de jus de fruits, essuyer une miette sur son visage avec une serviette, lisser ses cheveux –, elle dit, à mi-voix mais de manière audible : « Merci. »

Profite tant que tu peux, avait-elle l'habitude de te dire, *parce que passé la barre des cinquante ans, c'est réparation sur réparation !* Tu t'apprêtes à « passer la barre » des cinquante ans et déjà les réparations ont commencé : le kiné pour ton épaule gelée, l'élimination d'un trio de grains de beauté douteux, les orthèses pour ta fasciite plantaire, l'acupuncture – *aucun effet !* – pour ton genou douloureux qui souffre d'arthrite. Après ton dernier rendez-vous chez le médecin – le gastro-entérologue, car tu as mal au ventre chaque fois que tu manges quelque chose –, tu décides de prendre mieux soin de toi. Dorénavant, tu emprunteras les escaliers pour monter et pas seulement pour descendre. Tu vas renouveler ton abonnement à la salle de gym. Dépoussiérer ton mantra et te remettre à la méditation. Arrêter de fumer. Perdre du poids. Ne plus consommer de viande. De produits laitiers. De café. Oublier les bretzels salés. Tu vas devenir végane. Vierge ! Faire du yoga. Devenir une personne d'extérieur (*Tu ne peux pas passer toute ta vie dans ta chambre !* te disait ta mère, même si, à l'exception de ta brève expérience de la vie de couple, c'est ce que tu as fait en réalité – après tout, tu es écrivaine). Tu te rendras chaque matin à l'aube au bord de l'océan, tu lèveras les bras au ciel, puis, lentement, avec révérence, gratitude, humilité, tu te baisseras jusqu'à terre et tu feras la salutation au soleil levant. *Encore une journée.*

Elle ne regarde plus par la fenêtre. Elle ne demande plus après ton père. Elle ne demande plus quand elle va rentrer chez elle. Parfois, des jours entiers passent sans qu'elle prononce un mot. D'autres jours, tout ce qu'elle dit, c'est : « oui ».

— Tu te sens bien ?

— Oui.

— Les nouveaux médicaments sont efficaces ?

— Oui.

— Tu as mal ?

— Oui.

— Tu aimes cet endroit ?

— Oui.
— Tu te sens seule ?
— Oui.
— Tu rêves toujours de ta mère ?
— Oui.
— Mon chemisier me serre-t-il trop ?
— Oui.
— Si tu avais quelque chose à me dire, ce serait quoi ?
Silence.

De temps à autre, l'éclat de son vieux moi réapparaît. « Tu aimais avoir des frères ? » te demande-t-elle un jour (tu réponds que tu adorais ça). Ensuite, pendant les cinq mois suivants, plus un mot.

La dernière phrase complète qu'elle prononce : « C'est bien que les oiseaux existent. »

Jour après jour, l'audition de ton père se dégrade lentement. « Plus personne à qui parler », dit-il. Parfois il imagine que ta mère est dans le jardin où elle tue les plantes à force de trop les arroser. Ou bien s'est-elle endormie devant la télévision, bouche ouverte, un pied à moitié chaussé de sa pantoufle en équilibre précaire au bord du repose-pieds matelassé. Ou peut-être est-elle allée inviter les voisins – encore ! – à venir admirer la vue, même s'ils ont exactement la même depuis leur jardin, vingt mètres plus loin. À moins qu'elle ne soit redevenue comme avant et soit partie faire les courses – *Les côtes de porc rôties sont en promotion chez Vons !* – et dans un instant, il entendra le bruit familier de sa voiture dans l'allée. *Tut, tut!*

Tu es assise avec elle dans la salle de repos, elle est dans son fauteuil roulant, toi sur le canapé à côté d'elle, à écouter un bruit de vagues artificiel. Il y a maintenant presque deux ans que tu n'as pas entendu le son de sa voix. Soudain, elle t'attrape par le bras. La poigne est solide mais douce. Sa main, étonnamment chaude. Et soudain tu te rends compte que ta mère te *tient.* Et pour la première fois depuis des semaines, tu te sens apaisée. *Continue!* Tu restes ainsi sur le canapé à côté d'elle, sa main posée sur ton bras, sans bouger, respirant à peine, pendant plusieurs minutes, jusqu'à ce qu'il soit temps de la ramener à la cantine pour le déjeuner. Les cinq meilleures minutes de ta vie.

Chaque fois que tu t'en vas, tu te penches pour l'embrasser. De temps en temps elle s'écarte. À d'autres moments, elle te regarde et tend une joue indifférente. Invariablement, en t'en allant – tu ne peux pas t'en empêcher –, tu te retournes vers elle une dernière fois. Parfois, elle a les yeux posés sur toi, mais ne semble pas te reconnaître. Ou bien son regard se perd dans le vague. D'autres fois encore, elle est penchée en avant et fixe le bout de ses pieds avec attention, de façon très concentrée. Elle t'a déjà oubliée. Mais aujourd'hui, quand tu te retournes pour regarder en arrière, elle a la main levée et l'agite lentement pour te faire au revoir.

La première chose qui te vient à l'esprit juste après sa mort, c'est que tu as oublié de prévoir une autopsie du cerveau. Aussi tu appelles l'employée des pompes funèbres Fukui Mortuary, qui te donne le nom d'un biologiste, Wayne Kato, lequel, moyennant mille cinq cents dollars, ouvre le crâne de ta mère avec une scie oscillante et retire avec soin son cerveau qu'il apporte ensuite dans une boîte en polystyrène remplie de glace au labo d'une neurologue réputée, la professeure Muller, qui, pour mille trois cents dollars, le fait macérer dans du formaldéhyde pendant deux semaines, puis le découpe en tranches qu'elle applique sur des plaques de verre. Ses résultats, apprends-tu le jour où tu l'appelles pour en discuter, rejoignent les conclusions du médecin qui suivait ta mère : ce n'était pas Alzheimer, mais une démence fronto-temporale. Sous-catégorie de la maladie de Pick. Les exemples sont très rares, te dit la professeure. « Nous n'en voyons pas souvent. » Le cerveau de ta mère, ajoute-t-elle, était « complètement atrophié ». En août, elle présentera ces images à un congrès de neurologie-neuropathologie à Paris. L'« Euroneuro ». Tu lui demandes si elle peut t'envoyer une photo du cerveau de ta mère et elle marque un temps d'arrêt. « Personne ne m'avait encore jamais demandé ça », déclare-t-elle.

Pour la première fois de ta vie, tu ne parviens plus à dormir. Tu essaies la mélatonine. Le Lunesta. Le Sonata. L'Intermezzo. Tu essaies l'Ativan. La respiration profonde. Tu tentes d'alterner la respiration par une narine, puis l'autre. Tu essaies la relaxation musculaire progressive. Tu essaies de te répéter le mot « paix » encore et encore, jusqu'à ce qu'il n'ait plus l'air d'un mot. Tu tentes de manger une banane une heure avant de te coucher. De ne pas avaler de liquide après dix-huit heures. Tu essaies l'huile essentielle de lavande. L'aromathérapie. Les couvertures chauffantes. Baisser le thermostat à dix-sept degrés. Tu essaies le casque Sleep Shepherd. L'aide au sommeil Dream Team. L'appareil de massage des paupières Eye Slack. Le projecteur de lumière Night Wave. Chhhhut. Pourtant tu n'arrives toujours pas à dormir.

Ton père s'achète un appareil d'assistance ventilatoire nocturne en pression positive continue et passe sa première bonne nuit de sommeil depuis des années. Il ne se réveille plus toutes les cinq minutes car il étouffe. Ne ronfle plus. Ne pique plus du nez devant le journal du soir à la télévision (« Eh, l'endormi ! » l'interpellait ta mère). Chaque matin, à présent, il se réveille reposé, l'esprit clair. « J'aurais dû faire ça il y a des années », te dit-il. Une semaine plus tard, il remplace le grand lit de la « chambre des parents » pour en prendre un plus petit, ajustable, qui lui permet de relever sa tête afin de diminuer les reflux gastriques nocturnes. Il retire les post-it à travers la maison. *N'oublie pas d'éteindre la lumière !* Elle ne rentrera plus à la maison.

Ensemble, vous commencez à trier ses affaires. Dans la salle de bains, vous trouvez : neuf flacons de fond de teint Shiseido vides (ivoire naturel clair), trente-deux tubes de rouge à lèvres, une brosse à dents électrique (tous les soirs elle se brossait les dents, appliquait sa crème de nuit et sa crème pour les mains Oil of Olaz – « Peut-être que papa va me prendre la main ! » – ensuite, elle *plongeait* dans son lit), un lot de gouttières de blanchiment pour les dents, deux paquets de couches pour adulte, trois paquets de serviettes hygiéniques qu'elle avait gardées « au cas où » (« Je pourrais en avoir besoin un jour »). Tout cela, bien sûr, va à la *poubelle.*

Dans le *repaire* de ton père, qui à un moment est devenu le *refuge* de ta mère, s'entassent des boîtes entières de coupons de réduction périmés, dont certains depuis plus de quinze ans (elle s'enorgueillissait d'être une consommatrice avertie et était capable d'aller d'un supermarché à l'autre – Safeway, Market Basket, Ralphs – pour économiser cinquante cents), des centaines de colonnes « Demandez à Marilyn » découpées avec soin dans le magazine Parade, de vieilles chroniques de Martha Stewart (« Super tuyaux pour ranger et présenter ses photos de la meilleure façon »), des recettes récupérées dans les journaux qu'elle n'avait jamais essayées, de vieux patrons pris dans les magazines Simplicity et McCall's, des morceaux de tissu passés, de galons, des fils de taille identique, des boîtes Cool Whip pour ranger les restes de riz, plusieurs photocopies de ta première nouvelle publiée, dont l'une rangée dans un sac plastique Ziploc qu'elle avait apportée à la piscine pour la montrer aux dames dans les vestiaires. *Ma fille est écrivain !* Tout ça aussi : poubelle !

À l'intérieur du « Tiroir des pulls bien », dans sa chambre, tu découvres : un vieux carnet dans lequel sont notés les numéros de téléphone et les adresses de ses trois enfants (*Ils se sont dispersés aux quatre vents*), une liste des plats préférés des enfants en question (un de tes frères aimait le poulet en papillotes à la chinoise, l'autre les grosses crevettes, et toi, tu adorais l'anguille), un livre de cuisine (*L'Épicurien végétarien*) qu'elle a acheté lorsque tu es devenue végétarienne en arrivant à la fac (mais l'année suivante, tu as repris tes habitudes naturelles de carnivore), un vieux bonnet de bain en caoutchouc (avec des marguerites jaune vif encore en parfait état), deux paquets de cartes très usées de la marque Bicycle (elle gagnait toujours en jouant cœur), un étui à rouge à lèvres en cuir rutilant de chez Coach avec un petit miroir à l'intérieur, que tu lui as offert un jour à Noël et que visiblement elle n'a jamais utilisé. Tu glisses la liste des plats préférés dans ta poche. Tout le reste – poubelle ! –, tu le jettes.

Par terre dans son armoire se trouvent dix-neuf sacs à main, tous bon marché, tous flambant neufs. Ton père en désigne un. « Garde celui-là », dit-il. Il n'a guère l'air différent des autres. Il aimerait le conserver, dit-il, en *souvenir*. Tu le mets de côté.

La veille du jour où elle a pris l'avion pour aller dans l'Est assister à la remise des diplômes à l'université, ta mère a rangé ses plus beaux bijoux – trois colliers de perles noires de différentes longueurs que son père avait emportés avec lui sur le bateau en venant du Japon – dans une petite trousse marron. À l'aéroport, alors qu'elle attendait que ton père gare la voiture, deux jeunes hommes se sont approchés et lui ont poliment demandé leur direction. Ta mère, toujours gentille, toujours prête à rendre service, leur a indiqué le bureau de vente des billets de l'autre côté d'une porte tambour. Cinq minutes plus tard, elle s'est aperçue que sa valise avait disparu. Ton père tournait toujours dans le parking de l'aéroport, à la recherche d'une place. «Je voulais t'offrir ces perles, t'a-t-elle dit après la cérémonie de remise des diplômes. C'était ton héritage.» (Toutes ces choses dont tu aurais dû hériter – les assiettes Imari de ta grand-mère, les baguettes en ivoire, le *tansu* ancien en bois, le couple de poupées représentant l'empereur et l'impératrice, les photos en noir et blanc des étranges membres de ta famille en kimono, au Japon – ont été détruites dans cette première tentative frénétique pour oublier, au tout début de la guerre.)

Quand ils sont rentrés chez eux, ton père l'a emmenée dans le quartier des bijoutiers, au centre-ville, et il l'a laissée choisir de nouveaux bijoux: une broche de perles en forme de fleur, des clips pour les oreilles en rubis, un bracelet en argent massif avec ses initiales gravées, qu'elle n'a jamais porté («Ce n'est pas pareil»), et que tu ne parviens pas à retrouver dans la maison. Tu as cherché partout. Les bijoux ne sont nulle part.

Un dernier souvenir. Lorsque tu termines d'écrire ton troisième roman, elle ne parle plus depuis un an. Ton père dit que tout ce qu'il voudrait, c'est l'entendre dire quelque chose, n'importe quoi. Mais quoi que tu lui dises, elle se contente de te regarder – prunelles calmes, voyant tout, dans l'abandon le plus profond – et de hocher la tête. Tu n'es pas certaine qu'elle sache encore qui tu es, aussi tu écris ton nom sur une étiquette que tu accroches à ta chemise. Tu lui donnes un exemplaire de ton livre et tu la regardes tourner lentement les pages – ses mains, marbrées de taches, sont toujours gracieuses, avec ces longs doigts fins et fuselés terminés par de parfaits ongles en amande – et quand elle arrive à ta photo, sur la quatrième de couverture, elle dévisage intensément l'image, puis ton nom inscrit au-dessus, puis elle se tourne vers toi. Et à cet instant, ses yeux plongent dans les tiens avec émerveillement. Elle répète le même schéma plusieurs fois. La photo, ton nom au-dessous, ton nom sur l'étiquette, ton visage. Et chaque fois qu'elle te regarde dans les yeux, on dirait qu'elle va se mettre à parler.

Remerciements

Je remercie Nicole Aragi, pour sa générosité inlassable et pour m'avoir mise dans la bonne direction chaque fois que c'était nécessaire, et Jordan Pavlin, qui a cru en mon travail dès le premier instant. Merci également à Duvall Osteen, Maya Solovej, Isabel Yao Meyers, John Freeman, Max McDowell, Mark Horn, Dylan Leiner, Paul Wakenight, Mitchell Cohen et Lori Monson. Remerciements tout particuliers à David Otsuka, Michael Otsuka, Daryl Long et à ma meilleure amie Kabi Hartman. Les textes suivants m'ont été fort utiles lors de mes recherches pour ce livre : *Haunts of the Black Masseur* de Charles Sprawson ; *Swim : Why We Love the Water* de Lynn Sherr ; « A Feel for the Water » de Cynthia Gorney, *The New Yorker*; *Nobody's Home* de Thomas Edward Gass ; *Old Friends* de Tracy Kidder ; *Making Gray Gold* de Timothy Diamond ; *Can't Remember What I Forgot* de Sue Halpern ; *The Forgetting* de David Shenk. Enfin, comme toujours, merci à Andy Bienen.

Composition : Entrelignes (64)
Achevé d'imprimer
par CPI Firmin-Didot
à Mesnil-sur-l'Estrée, en juin 2022
Dépôt légal : août 2022
Numéro d'imprimeur : 170407

ISBN : 978-2-07-295858-8/Imprimé en France

399706